日本的诗歌
其骨骼和肌肤

日本の詩歌
その骨組みと素肌

［日］大冈信 著

尤海燕 译

商务印书馆
The Commercial Press

商务印书馆（成都）有限责任公司出品

译者序

一

《日本的诗歌：其骨骼和肌肤》（以下略称《日本的诗歌》）在日本先于 1995 年由讲谈社出版了单行本，又于 2005 年由岩波书店推出了文库本，很受日本读者的欢迎。作者大冈信是现代日本代表诗人兼评论家，出版诗集及学术书、评论集、译著等 300 余部，曾获法国艺术文化勋章（骑士、将校）、日本文化勋章、日本艺术院赏等许多著名的文化艺术奖项。

《日本的诗歌》是作者大冈信于 1994 年和 1995 年在法国巴黎的法兰西学院（Collège de France）连续讲座内容的总结，是对日本古典文艺美学理论的高度概括，同时也是一部日本古典诗歌史。在书中，作者首先介绍了九世纪后半期的日本汉诗人菅原道真，重新评价了汉诗在社会及政治方面表现的可能性；然后他又论及十世纪初编纂的《古今和歌集》最重要的编者——纪贯之，分析了由他所提倡的、以调和为和歌根本原理的诗学；其后，作者更进一步讲到奈良和平安时代的女性歌人们、日本诗歌中占有特别地位的写景和歌以及中世（镰仓和室町时代）的歌谣。体现着作者的深厚学养和纤细感性的高见卓识在此书中随处可见，另一方面，诗人的感性和知性又最大限度地导出了诗歌的魅力和艺术性。此书虽是在讲述日本的诗歌，但处处可见与全世界诗歌相通的主题，形成了贯穿全书的思想文化底流，因此能够在很大程度上唤起异国读者的共鸣和认同。

由于《日本的诗歌》原本是以法国的听众和读者为对象写作的，因此文章明晰晓畅，行文亲切自然，把感觉上离欧洲很远的日本古典诗学解释得明白易懂。它将学术书的准确精辟和教养读物的通俗有趣融为一体，再佐以充满诗意的典雅语言，让读者能在轻松阅读中了解日本古典诗歌的特色，感受日本古典诗歌的美。

因此，无论是在内容还是在文章表现上，《日本的诗歌》都具有广泛的兼容性。特别是它被译成中文后，可以满足从日本文学的研究人员、日语专业学生，到社会一般读者、文学爱好者等不同层次和群体的阅读需求。尤其对于那些对日本古典诗歌怀有兴趣的读者来说，本书可以说是充满趣味和启示的最佳入门书。

二

本书的中译本之前已经由译者通过安徽大学出版社于2010年3月出版，此次又在原译文的基础上有所修订。主要是修改了原译本的一些误译、中文表达，以及在编辑过程中被编辑"误伤"的地方，使译文更加准确通畅，更符合中文阅读的习惯，同时也兼顾了行文的美感。

为什么要时隔十多年后再出版修订本？说起来这源自我和雅众文化的缘分。2017年年初的一个晚上，我有些犹豫地接起了手机里一个陌生的电话。电话那头传来了清脆悦耳的女声，自我介绍是雅众文化的主理人方雨辰，通过某某的推荐辗转找到了我，想出版我翻译的《日本的诗歌》云云，当时真感觉有点像在做梦。之后的故事想必大家都知道了，我已经与雅众文化合作出版了日本近代诗之父高村光太郎的诗选《柠檬哀歌》（2019年5月，雅众文化／北京联合出版公司）和近代天才歌人与谢野晶子的和歌选集《乱发》（2020年6月，雅众文化／北京联合出版公司）。而我们合作的契机——这本大冈信的《日本的诗歌》，也终于条件成熟，迎来了它的第二春。

这里我想提一下知名诗人、翻译家黄灿然在"2011年读过的那些书"的日记里对拙译所做的推介："这是了解日本诗歌和日本文化很好的入门书。尤其值得一提的是，在介绍菅原道真的汉诗时，译者不是像一般翻译外国汉学家著作的译者那样，偷懒地抄回原文，而是附上原文之后，又另做了现代汉语翻译。这样做有一个好处是，让读者对诗有全面了解：一、欣赏原文；二、欣赏译文；三、看到作者在向外国人展示这些诗歌时的原样（也即翻译出来的样子）。如果外国人谈杜甫诗，你在中译本里只让读者读到汉语原文，那你是假设外国人是在谈原文，其实外国人是在谈译文。这中间的落差是很大的。而且，中文读者完全不知道外国读者读到的是什么样的杜甫。把外文例如英译的杜甫译诗也译成中文，才能使中文读者完全了解外国人谈的是什么样的杜甫，外国读者读到的是什么样的杜甫。就大冈信这本书中谈菅原道真的部分而言，译者对菅原道真的汉诗的现代汉语翻译，可读性是十分高的。其他日本诗人的译诗，也都很好。"

因为当时我与黄老师完全素昧平生，却承蒙他如此赞美，实在是不胜惶恐。其实这里需要说明的一点就是，并不是作为译者的我将菅原道真的汉诗又用现代汉语翻译了一遍，而是大冈信的原文里面本身就附有现代日语译文（就像我们的《诗经今译》《论语今译》之类，因为古典汉诗对于现代日本人来说也是艰涩难懂的），我只是将它翻译过来了而已。当然从结果上看这是颇为有效的，非常有利于我们作为外国读者理解"日本人之理解"。这也是大冈信的细心与体贴。可是，即便原文只有汉诗原诗，我们译者也需要注意，能使中文读者完全了解"外国人谈的是什么样的杜甫"而不是只看到"中国人的杜甫"尤为重要，这也是翻译必须在吃透原典、吃透注释的基础上时刻保持"彼此是外国人"的自觉才能做好的地方。而能够发觉并指出这一点，则非资深翻译家所不能。在此，谨向黄老师致以深深的谢意。

三

这本书我们把它定位为日本古典诗歌的"入门书"，是因为它通俗易懂、深入浅出，仅把它当作茶余饭后的消遣或是拓宽视野的闲书来读，当然未尝不可。不过，对日本历史和文化有一定了解的有心读者，也可以从中发现不少问题意识。比如透过藤原家和菅原道真的斗争可以看到汉文学与和文学的此消彼长，其背后和天皇亲政、摄关政治相关联的政治和社会变动；从《闲吟集》的歌谣发现当时社会对"同志"恋情的宽容；从和泉式部的生平、后鸟羽天皇的后宫去探究平安时代女性在恋爱方面的自由程度（尽管《源氏物语》中的女性大多命运悲惨），与中国古代女性的对比（尤其是知识女性），等等，都是一些饶有兴味的问题。

但反过来说，对于日本文学的研究者来说，这本书也仅仅是入门书而已。因为本书的性质并非基于严密的实证和逻辑的学术专著，而是偏于感性甚至不乏作者主观推测的文学评论，因此研究者切不可以将此作为学术论文的论据。当然，被此书触发而深入挖掘经过考证而来的确切证据，则另当别论。

最后，我想向一直以来支持、积极促成本书出版的雅众文化的主理人方雨辰女士表示衷心的感谢。正是她多年以来对纯文学尤其是诗歌的执着和坚持，以及全身心的激情投入，才能使这本小书得以以更美的样子重新面世。还有雅众文化的刘苏瑶和马济园编辑，也为此书付出了很多心血，做了大量实际的工作。特别是济园认真细致的审读，订正了文字上的错漏，还指出了不少问题让我确认和修改，使得本书变得更加完美。在此一并表示感谢。

尤海燕

2021 年 3 月

目 录

第一章

菅原道真——身为诗人的政治家
或为日本的诗（和歌）和汉诗之间的深渊

一

　　在论述古代日本诗歌的时候，有一个最为重要却时常被
人们淡忘的人物。我的五个讲座，正是准备由他开始讲起。
这个人就是日本古代最伟大的文人政治家菅原道真。作为杰
出的诗人、无出其右的学者，他在登上最高官位后又戏剧性
地遭到陷害，以流放之身在贬谪地失意而死。

　　但是，在直接讲述道真之前，我想首先就"他是在怎样
的社会、文化的环境中诞生的"这个问题，开始我的讲座。

　　八世纪末到十二世纪末的四百年间，是日本文明从中国
文明巨大的影响中相对独立出来，开始有意识地创造日本独
有的文明和文化的时代，史称"平安时代"。特别是前半部
分的大约两个世纪左右，就是从整个日本历史来看，也算得
上是文学成就最为丰饶的时代。诗歌方面有菅原道真、纪贯

之、和泉式部（女性），散文方面有紫式部、清少纳言（二者均为女性）等人，他们在二百年间，创作出了无比灿烂的作品。

特别重要的是，这是一个由和泉式部、紫式部、清少纳言和其他女性作家共同创造出的文学的黄金时代。她们都生活在十世纪末到十一世纪初，在同一个时代里一齐登上了历史舞台。作为在宫廷里侍奉的女官，作为友人，也作为强有力的竞争对手，她们生活着、写作着。但是她们自身也未曾认识到自己业绩的伟大，大都晚景凄凉，在孤独中死去。

可是，她们的作品就是在她们逝后近一千年的今天，也依然，不，应该是拥有了越来越多的爱好者和崇拜者，甚至被译成了包含法语在内的世界许多国家的语言。只是，在日本能够流畅地阅读她们作品原著的读者非常少，人们都是通过几种现代日语译文来接近《源氏物语》和《枕草子》，并且在合适的解说书的帮助下，得以与《和泉式部集》和《和泉式部日记》亲近。

之所以这么说，也是因为在日本，以十九世纪后半的明治维新，即日本的门户开放、西欧化和近代化的时期为分界线，在书写文章的语言这一点上发生了巨大变化的缘故。现代的日本人，如果没有经过一定程度的系统性训练，是不容易直接读懂古典作品的。

但是即便如此，仅就《源氏物语》来说，现在不但出现了由当代作家执笔的好几种自由的现代文译本，它还以绘本、漫画和电视节目等多彩的形式博得了极高的人气。这些对古典多种多样的继承经常会脱离原著，我甚至不由得想，如果原作者能够复活，看到自己作品被改编、被重新诠释之后的模样，肯定不会承认这就是当初自己所写的作品吧。

这些天才的女性作家，在某一个时期，即从十世纪末到十一世纪前半集中出现的原因，有以下几点：第一，她们都无一例外出身于博学多识的中流贵族家庭，从幼年时期起就被父亲施以了良好的教育；第二，她们都无一例外是天皇妃子们——光是位高权重的妃子，一个天皇的后宫里就有数人——身边侍奉的女官，在宫廷社会的中枢经营着日常生活。因此，她们得以有特别的机会接触到众多的男性贵族们，拥有关于他们的丰富知识。有时甚至还能像诗人和泉式部那样，因为自己和皇族或贵族的恋爱而名声远扬。

像紫式部和清少纳言那样的散文作家，她们所写的小说或随笔，不仅在共事的女官们当中评价很高，就连天皇的妃子们也充满了好奇和期待地一睹为快。理所当然，男性们也对她们的作品抱有高度的敬意。这样，她们之间就形成了势均力敌的竞争关系，越发促使宫廷里展开了激烈的文学竞争。结果就是，紫式部创作出了《源氏物语》，清少纳言创作出了《枕草子》。而这两位作者完全没有预料到，她们的作品能在当今成为人类共同的古典巨著，并享有很高的礼遇。

还有，和泉式部这位爱情诗人留下了许多真正的天才作品。她用短短的和歌，创作出了同时代的男女诗人都望尘莫及的、充满了深切哀愁和哲学化人性观察的作品。

　　在考虑她们的文学成就时，有一个绝对不能忽视的重要条件。

　　那就是，日本的知识阶层当时在书写文章时所使用的文字的问题。

　　当时，在宫廷里当差的男性官员，即知识阶层的代表者，在写作各种文书时理所当然地使用从中国传来的汉字，文体也采取与他们平常所说语言不同的中国式文章（即汉文）。于是，能否写得一手漂亮的汉文，是考察官僚是否有才能、是否优秀的关键。他们当中最优秀的写作能手，必须通晓法律、经济、外交、内政和历史，并且令人惊异的是，还必须通晓文学。菅原道真就是这样一位罕见的天才。他是比刚才讲过的女性们早一个世纪出现的杰出官僚，不仅如此，他本身还是一位极其出色的诗人。

　　我们已经讲过，日本男性曾使用中国的文字，撰写中国式的文章和诗歌。为了使听众们容易理解，我们在这里思考一下法语的情况。就是在法国，几乎和日本同时，也出现了一个经过拉丁语、罗曼语之后形成法语的过程。最早期的法语作品是妇孺皆知的"武勋诗（*Chanson de geste*）"，它出现的时间是十一世纪后半期，即和紫式部的《源氏物语》诞生于同一个世纪，比它稍晚。

而那之前，拉丁语无须赘言是知识阶层使用的、政府公认的语言和文字，就像在日本的汉字和汉文一样。

然而，日本的情况比较特别。那就是，从拉丁语中派生出法语的类似过程，在日语内部也发生了。就是说，从男性使用的文字中派生出了女性使用的文字，从汉字里诞生了假名文字。并且这是两种不同的假名，我们把它们分别叫作"平假名（hiragana）"和"片假名（katakana）"。

平假名是将与它发音相同的汉字形态极度简化后得出的文字记号；片假名则是取用与之发音相同的汉字，将其中的偏旁部首独立出来所形成的文字记号。[1]

汉字原本是以一个字表示一个发音及意义的，有时一个字（或音）会表示丰富多样的意义。但是，就像刚才说明的那样，平假名和片假名，仅凭一个字不能表示任何的意思，而只是纯粹地表示一个音节而已。也就是说，假名文字是与西洋字母相似的表音文字。

这种假名文字的发明，我认为就是在全世界的发明历史中，也完全能算得上最高级的发明。平假名、片假名都是在平安时代初期，即九世纪初叶被发明出来并开始普及的。

---

[1] 比如平假名"あ"是由汉字"安"的草书变来的，"い"是由"以"、"う"是由"宇"、"え"是由"衣"、"お"是由"於"的草书变来的；片假名"ア"是由"阿"、"イ"是由"伊"、"ウ"是由"宇"、"エ"是由"江"、"オ"是由"於"的偏旁变来的。——原文无注，所加注释均为译者注。以下同。

另外，特别值得一提的是，平假名因为具有曲线美，所以成了女性们爱用的文字。因此，平假名又名"女手"，即"女子写的字""女性的笔迹"等意。与汉字相比，这些在机能上相形见绌的笔记符号，不久就显示出了它们的新性能。因为它们开始证明自己在记录日语口语方面，比写文章用的汉字拥有更明显的优势。

因为日本的诗歌（和歌）原来是与口头朗诵一体的形式，所以平假名的发明在记录和歌上发挥了极大的作用，因为这样就可以忠实地记录下人们吟诵的和歌了。并且，在表现爱情上，不可或缺的手段就是和歌。甚至可以说，男女之间如果不通过和歌就不可能进行恋爱。因此，男性们也不得不学会熟练地使用这种假名文字了。

就这样，平假名以及同为表音文字的、在男性世界里倍受重视的片假名，一起成了日本人不可缺少的文字。随着假名文字的普及和发展，平安时代的文学也迎来了它的黄金时期。在和歌方面，《古今和歌集》的编纂是十世纪初的一件大事。在散文方面，《荣华物语》等也在十一世纪相继问世。《源氏物语》和《枕草子》的作者也都是女性。而且，作为历史物语开山之作的《荣华物语》，虽然尚不能确定作者，但可能性最大的，也是一位才能出众的女官——赤染卫门。

在古今和歌的名作集《古今和歌集》中，站在指导性立场上的几乎都是男性。但在这部作品中，我们也随处可见女性文化的渗透之深广。

综上所述，假名文字的发明和女性在文学上的跃进，是平安时代的一大特征。

二

在我刚刚讲过的女性文化的黄金时代、文化的强大推手假名文字普及的时代之前，是中国文化还在日本宫廷和贵族社会里占有统治地位的平安朝初期。道真就是生活在这个时期的代表诗人、精通儒家及佛教经典的最伟大的学者，也是一名引人瞩目的政治家。他从年轻有为的外交家开始，一步步登上了政府的最高官位——右大臣。

我把他叫作诗人，并不是意味着他是和歌作者，即用日本人的固有语言写作"和歌"的诗人，而是意味着他是使用中国的文字（即汉字）、忠实地遵循中国诗的形式写作"汉诗"的诗人。当然道真也作过和歌。但是，在现存的所谓他的和歌当中，究竟有多少真正是他自己的作品，现在还只能说尚不清楚。因为他在政治上的没落和悲惨的死，以及死后名声奇迹般地恢复，都使得一些原本并非他作品的伪作层出不穷。所以，道真至多是日本最伟大的汉诗人。而且，实在非常幸运的是，他的汉诗几乎原样保留了下来。今天的我们可以通过印刷出版的普及版，参照极其精细的注释来进行解读和欣赏。

在距离京都路途遥远的西部边境——九州的太宰府，带着流放者的罪人身份，五十九岁辞世的菅原道真，到底是一个什么样的人物呢？我想先简略地回顾一下他的生平。

菅原道真生于845年，死于903年。他的家族是祖父、父亲和他三代均为大儒的儒学大家。他的孙子菅原文时也是著名的汉诗人。

据传道真十一岁时所作的汉诗[1]，曾让父亲是善大吃一惊。他的这种才能得到了赏识，不久就作为年轻的外交官，被委以在京都接待当时与日本交流频繁的渤海国大使的重任。就连渤海国的大使，也十分赞赏他的诗才。渤海国是从七世纪末到十世纪在中国东北部兴起的政权，其文化完全模仿唐朝，其大使也是诗人，所以才得以很快发现并赞赏道真的才能。

道真早在三十二岁时就成了文学博士（日本名为"文章博士"[2]），作为前途无量的学者官僚，全身心享受着宫廷生活。但是另一方面，他被人当作羡慕和嫉妒的对象也是必然的。即便如此，人们也都认为他肯定会在都城官运亨通、步步高升。可就是这样一位优秀的官员，居然在四十一岁时，被一

1　《菅家文草》第一《月夜见梅花》："月耀如晴雪，梅花似照星。可怜金镜转，庭上玉房馨。"
2　在日本古代大学寮教授诗文和历史的教育者。

个突如其来的调令派到距离都城遥远的四国岛上的赞岐国去任知事，在那荒凉僻地的海边度过了失意的四年。

不过，这件事促进了他的成长。他到了四国才第一次接触到了平民的生活，知道了百姓在贫穷中苦苦挣扎的现实。这些生活上的经验，给他的诗歌创作带来了意义巨大的转变。在他的诗作中，从前宫廷环境里永远不会遇到的主题不断出现，同时，我们也可以从中清楚地看到他对官僚社会的腐败逐渐认识的过程。

从赞岐回到京都的道真，在解决一个政治上的棘手问题中发挥了关键性的作用[1]，由此得到了宇多天皇的深厚信赖。从某种意义上来说，和宇多天皇的相遇，是改变其命运的重大事件。

当时在政界一手遮天的是藤原氏家族。天皇基本上都是和有势力的藤原氏家系的女子结婚，从而被外戚所控制，被迫成为傀儡。

但是，道真所侍奉的宇多天皇，志在压制藤原氏的强大势力从而重建政治格局，所以就提拔道真，加以重用。于是，道真在政界得到了平步青云的高升。当然，藤原氏对他的警

1 　即史上有名的"阿衡争议"。宇多天皇即位之初诏任藤原基经为关白，诏曰"以卿任阿衡之任为宜"，基经以"阿衡"为徒有虚名之职放弃所有职务，致使朝政混乱达一年之久。翌年还出现弹劾起草诏书的文章博士橘广相之举。道真见事态严重，便自赞岐上京，致书基经（《奉昭宣公书》），遂平息此事。[参考《日本古典文学大辞典》（人民文学出版社，2005 年）"菅原道真"项。]

戒之心越发强烈，同僚的嫉妒和不合作也走向了极端。不仅如此，道真的一个女儿还成为宇多天皇的一名妃子，另一个女儿则是皇子斋世亲王的妃子。就这样，他一边对日益增多的敌人感到极度不安，一边登上了位极人臣的右大臣之席。和他平起平坐的，只有出身于藤原氏中最有力的家系的左大臣藤原时平一人。时平比道真年轻二十六岁，被天皇任命为左大臣之时，也仅有二十八岁。而同时被任命为右大臣的道真，已经五十四岁了。从这里也可以看出，当时藤原氏在政界的势力是多么强大。

换句话说，这也意味着道真是多么孤立无援。本来，他只有依靠着宇多天皇一人的信赖和庇护，才能得以和强大的藤原氏一族对抗，从而保持作为政界要人的尊严和权威。所以他的命运，简直就像风中的蜡烛一样岌岌可危。说起来，并非出身于政治世家，而是出身于并不富裕的学者家庭，却登上了政界最高位置的人物，只有大约一个半世纪前的吉备真备了。

另一方面，宇多天皇出于帝王的随意任性，并没有将对菅原道真的支持坚持到底，而是自己中途就从政治舞台上退了下来。他把皇位让给了长子，自己当上了太上皇，隐身在天皇背后操纵政治。新天皇醍醐天皇，是个即位时仅有十二岁的少年。就是他的父亲宇多太上皇，当时也只有三十岁。直到六十四岁时去世，宇多天皇在整整三十四年的时间里，都在享受着太上皇的风雅生活。平安时代的文化之花盛开，也是在这个时代。实际上，宇多、醍醐两代天皇的时代，正是史称"宽平""延喜"的日本古典文化的高峰期。之所以这么说，不是别的，正是因为我们的主人公菅原道真，还有《古今和歌集》，分别将汉诗与和歌这两种诗歌形式的最具代表性的成果在这个时代相继展示出来的缘故。

少年天皇醍醐最初对父亲宇多太上皇唯命是从，非常重用菅原道真，对道真的汉诗也抱有极大的敬意和憧憬。道真和藤原氏年轻的头领藤原时平同时被分别任命为右大臣和左大臣，是醍醐天皇即位两年后的事情。也就是说，在这个时期，宇多太上皇的远距离操纵还能顺利地发挥作用，道真自身虽然心理上有很多困难，但还是尽到了作为政界领袖的重大责任。

然而，正是这种努力和尽责，一步步地将道真拉向了毁灭的深渊。他在政界的重要性越大，对藤原氏的威胁就越大。以时平为首的藤原氏的有力家系以及对道真抱有反感的学者们都想要陷害他，向醍醐天皇告密说他要谋反。他们捏造事实，说道真阴谋逼迫醍醐天皇退位，企图把他的女婿、天皇的弟弟斋世亲王立为新天皇。

我们不难想象，对于只有十六岁的天皇来说，这个在他耳边悄声告发的"阴谋"是多么具有冲击性。于是道真转眼间就被褫夺了右大臣的官职，贬为不值一提的太宰权帅，即刻被赶出了都城。所谓太宰权帅就是太宰府的副官，多数时候都是中央政府的高官被贬后所任的名义上的职位。道真那时也不例外。说起太宰府的位置，它位于日本列岛西端、九州的北部，是当时日本为了和位于亚洲大陆的中国和朝鲜对峙而设置的军事防卫据点，是中央政府的前沿哨卡。

道真在这个西部边境的都市里度过了两年的幽禁生活之后，就在此地郁郁而终了。他在这儿所写的诗，都在哀切地诉说他被无端诬陷后的心酸和悲痛，是字字血泪的恸哭。通过这些诗，诗人菅原道真真正成了一位伟大的诗人。

在他被流放之际，他全家人都被硬生生地分开了。妻子和大女儿留在了京都的家里，长子去了土佐、次子去了骏河、三儿子去了飞骅、四儿子去了播磨——儿子们都被流放到了彼此相隔遥远的地方。道真自己则拉扯着幼小的男孩和女孩两个孩子，踏上了去往西国的惨淡旅途。这样，一家人就此四分五裂，分别在六个地方悲惨地生活着。年幼的两个孩子，大概在九州很快就因为营养不良而死去了。道真自己身体也不好，再加上愤怒和绝望，很快就衰弱下去，最终魂断异乡。

可是，事情并没有因为道真的死而终止。他的灵魂在他死后很长的时间里，化作了怨灵，去向参与陷害他的人索命。在策划阴谋中发挥了最大作用的人物藤原时平，年仅三十八岁就暴毙，人们都相信那是道真的冤魂复仇的结果。之后，宫中最重要的建筑物清凉殿遭到雷击，暗中陷害道真的大臣们都被击伤。终于，醍醐天皇死后，人们中间甚至传起了天皇坠入地狱的流言。人们都相信道真变成了天上的雷神，开始复仇了。因此，出于镇魂的目的，在道真去世二十年后，他终于得以沉冤昭雪、官复原职了。又在近一个世纪之后，他开始被当作神灵来祭祀。现在，他已成为"天神爷"，在日本各地都受到虔诚的供奉。因为他是空前绝后的伟大学者，所以对于众多高考和中考的考生们来说，他就是保佑考试合格的神灵。即使是现在，一到考试季，全国各地祭祀天神的神社就会因为考生和家长们络绎不绝的来访而变得热闹非凡。

在这个意义上，他一般被认为是一个超乎寻常的学者和智者。而他原本是一位极其优秀的诗人这件事，却被大多数日本人忘却了。理由就是，他的诗作是除去一小部分人之外，一般人几乎都没法读懂的、用"汉文"所写成的"汉诗"之故。

与此相对，比他晚一辈的纪贯之等新生代的诗人们，开始使用假名文字，用日本口语写作"和歌"。他们之间虽然只有一辈人的差距，但是由于这种文字上戏剧性的变化，以纪贯之为中心编纂的诗歌集《古今和歌集》，在那之后近十个世纪的漫长岁月里，被奉为日本诗歌史上最重要的诗歌集。而菅原道真的名字，则是作为"悲剧性的学者、政治家"以及"天神爷"这样一位死后才得名的神而为人们所知。歌舞伎中和他有关的曲目，尽管以《菅原传授手习鉴》为代表的"菅原剧"有着极其丰富多彩的系列作品，但是他作为诗人的真正价值，却在很长的时间里没有被世间所承认。这岂止是极大的遗憾，简直可以说是毫无道理。我在数年前出版了一本叫作《诗人·菅原道真》的书，极力主张他作为诗人的伟大，也是出于这个原因。

我在这个讲座里，也准备讲讲纪贯之和以《古今和歌集》为首的敕撰和歌集的美学。如果在这里就其与菅原道真的关联说一句话，那就是，在汉诗和和歌之间，有着极其本质性的区别。

无论是在遣词上还是用字上，道真都尽可能地使用由中国传来的表现手法，创作与中国诗的构成要素相同的诗。他成功地做到了这一点。他的诗在内容和表现方法上都具有普遍性，就算让李白、杜甫和白居易等中国唐代的大诗人们读了，他们也都会微笑着点头称许吧。

也就是说，道真的诗，特别是赞岐时代的诗和九州太宰府流放时代的诗，在表现喜怒哀乐方面，经常采用将具体原因和结果明确化的写法。作为写作主体的诗人自身的立场十分明确，对于社会现实的反映也得以明确地表现出来——官僚社会内部的行贿受贿及其他的不正行为；在学者社会的嫉妒和羡慕中依然故我的坚持；或者是在国家盛典中各种华丽的仪式，特别是美丽优雅的舞女们那动人心魄的舞姿和娇柔稚嫩的动作举止；又或者是对于百姓所经历的贫困和病苦的详细描写；还有他自己生活中的各种场面，他的孤独以及哀悼幼子之死的极其感人的诗——我们通过读道真的诗，可以详细地追寻到这位生活在千年以前的大学者诗人的日常生活的实际情况，以及他精神状态的巨大变化。

这就是在中国诗的写作方法中，诗原本应有的样子。即，把对社会的自我意识和主张看作当然责任的诗，也是主体和客体之间的区别及对比从一开始就明确存在着的诗。

但是与此相比，日本的和歌在很多地方都存在着令人惊异的不同。首先就是和歌极其短小的形式。和歌最基本的形式，就是由五个部分构成的仅有三十一个音节的"短歌"。到了十六世纪之后，更为短小的、仅有十七个音节的"俳句"加入了和歌的世界。这两种诗歌形式，到如今依然非常流行。

短小，就意味着以和歌的形式论述具体事物时必然会极其困难。和歌的表达，由暗示和极端少量的信息所构成。在和歌中存在着的，往往不是对于具体事物和事件的精细描写，而是作者遇到某事物或经历某事件时的心情的简洁表达。对于具体事实的言及，只是停留在心情的表达所必要的范围内。如果超过限度进行详细的描写，除非是手法特别巧妙的作者的作品，否则就会被扣上"低俗""散文化"的帽子而遭到排斥。

通过这样的事实我们可以明白，在和歌中，主体的自我主张，以及对于社会和环境进行的具体描写，即便是有，也是极其罕见的。甚至连主语被省略都是很常见的事情。所以在和歌里，主体和客体往往不是表现为"对比"，而是表现为一种"融合"。

在现代，围绕着一个主题连续吟咏十首甚至二十首短歌，已经成为非常普遍的事情。这个叫作"连作"的咏歌方法，是对于刚才讲过的和歌本质上沉默性的一种修正。这样的话，就可以具体地描写和论述事实，并且可以加上自己的判断。但是这种方法被发明出来本身，就说明了这样一个事实：和歌，仅从一首来看，只能进行极其少量的具体描写，而正是通过对那些微妙纤细的感情颤动的迅速捕捉，和歌才得以成立。

打破和歌这种局限性的另一种方法，就是由很多诗人一首又一首地将短句呈连锁状地连在一起，共同制作一篇长和歌。这被称作"连歌""连句"或是"连诗"。这个方法最近在欧洲也作为一种诗歌共同制作的新类型而受到关注，它也是为了突破一首和歌只能表达少量内容的局限性而产生出来的一种新方法。

总而言之，汉诗以作者的"自我主张"作为当然的条件，而和歌可以说是把作者的"自我消除"视为理所当然。可是，诗人要通过"自我消除"追求什么呢？诗人用它代替自我主张，自己融入到围绕着他的自然环境当中，从而超越"自我"，实现与"自然"的一体化。并且，我在这个讲座里要讲的古典和歌的世界中，诗人们所属的社会本身，被极其坚固的秩序所统辖，审美意识和审美趣味都必须建立在社会共同的基础之上。因此，"个体"的自我主张，当然是一件非常困难的事情。

一言以蔽之，持续了四百年的平安时代，就是在藤原氏一大家族支配下的时代。其他的家族自不必说，就是藤原氏一门中，也不可能轻易允许有出格的行动和表现，从这个意义上来说，平安时代就是这样一个"同质社会"。这也体现了这一时代在诗歌表现上缺乏自我主张的原因。

但是，如果分别从男性诗人和女性诗人的角度来考虑这个问题的话，就会发现一个很有趣的现象：至少在诗歌表现上，女性诗人比男性诗人更加倾向于打破同质美学的藩篱。那是因为比起男性，女性较少地受到来自社会各方面的束缚，因此她们也不必特别在意世俗的面子和地位等的制约。并且，她们最关心的事情，在于恋爱、结婚以及随之发生的自己生活上的巨大变化等非常私人的方面，所以她们能够在如和歌这般短小的诗歌之中，表现出更加纯粹的喜怒哀乐和深切的孤独感。即，只要是把观察的重点放在感情世界里的表现上，我们就可以发现，在和歌这种诗歌当中，女性能够成为比男性更加有力的表现者。

关于这个问题，我会重新再举出几个一流的女性诗人来论述。在此首先我想强调的是，在日本的诗歌，也就是和歌上，女性所发挥的作用极其巨大，就是出于这样一个原因。

如果将女性作者从和歌的历史中排除出去再讲和歌史的话，就会等于谈论没有心脏的人体一样。

这样的事实，比如在中国诗歌的历史上和欧洲文明诸国的诗歌历史上，几乎都不会见到。可以说，日本诗歌传统的一大特征就在于此。

三

以下，我想简单地介绍一下菅原道真的作品。如果通过这个介绍，大家能够对日本诗歌在一千多年前就达到的高度稍有了解的话，那我将会感到无比的欣慰。

说实话，就是日本的读者，也很少有人知道菅原道真都写了一些什么样的诗。道真只是作为可怕的复仇灵魂或者是考生们的护佑神而天下闻名，对此我感到非常遗憾。

我首先要举出的，是道真赠给他的挚友及学问上的弟子纪长谷雄的诗。这首诗前面附有短序，痛骂他们周围学者们的无耻堕落。它的大意是这样的：

"看看最近学者们的行径吧：虽然在公开场合或是在内部集会上慷慨激昂地辩论，但是他们关于学问根本意义的想法都无凭无据，所以他们所说的话听起来愚蠢至极。至于其他的家伙们，更是一味地沉溺于酒色，尽显狂态，极尽互相辱骂、陷害对方之能事。因此作此诗，劝君咏诗。"[1]

这样，他将如下的一首诗赠给了纪长谷雄。

　　　　风情断织璧池波

　　　　更怪通儒四面多

　　　　问事人嫌心转石

　　　　论经世贵口悬河

　　　　应醒月下徒沉醉

　　　　拟蘗花前独放歌

　　　　他日不愁诗兴少

　　　　甚深王泽复如何

　　学问的世界里风波频生，就是坚强的意志也变得脆弱不堪

　　而且不知为何，周围四处充斥着所谓的大学者

　　一旦发生了什么事情，这些家伙心中就像不停翻滚的石头一样变来变去

　　若说到论经据典，世间的俗人们都看重口若悬河、滔滔不绝的人

　　快快从月下徒然的沉醉中醒过来吧

1　《劝吟诗·寄纪秀才》诗序："元庆以来，有识之士，或公或私，争好论议，立义不坚，谓之痴钝。其外只醉舞狂歌，骂辱凌轹而已。故制此篇，寄而劝之。"

快快停止在花前独自放歌吧

不必担心你将来会诗兴枯竭

因为天子的恩惠无比深广

　　这首诗的最后一联，令人想起道真自身就是一位优秀的官僚。他激励纪长谷雄，只要专心于学问，显示出特别的诗才，就会得到天皇的恩宠。

　　道真在这首诗中所写的内容，是绝对不能以和歌那样抒情诗的形式来表现的。这首诗里所有的，是对恶俗的学者们的严厉批评。另外，还有将自己和他们严格区别开来，主张自己信念的明确意志。既然采用汉诗这种形式，当然就要写这种内容，并且，要想表达这种内容，也非汉诗不可。以和歌的短小诗型，这基本上是不可能的。

　　下面，我们来看一看道真截然不同的另一个方面。他曾吟咏过早春时节在宫中举行的盛大宴会上翩翩起舞的舞女们那柔弱妖艳的美丽和媚态。

纨质何为不胜衣

谩言春色满腰围

残妆自懒开珠匣

寸步还愁出粉闱

娇眼曾波风欲乱

舞身回雪霁犹飞

花间日暮笙歌断

遥望微云洞里归

舞女们白绢一样的肌肤为何看起来像是不堪衣
服的重量呢

她们妄言："因为我腰的周围都堆满了春色。"

脸上带着残妆，连装珠宝的匣子都懒得打开

哪怕是半步，也不愿走出宫门

饱含娇羞的双目，宛如被风吹皱烟波连绵的
春水

轻盈的舞步，就像晴天里的飞雪片片

日落花间，笙箫音绝

舞女们远眺薄云，回到她们深闺

在这首诗里我们可以看到，踌躇满志的少壮官僚菅原道
真那惬意享受宫廷生活的美和颓废时的样子。

可是，在这样繁华奢侈的宫廷生活之后，他就不得不作
为赞岐国的知事，去地方上生活了四年。原本已经畅通无阻
的仕途上突然阴云密布，他的失落可想而知。他在许多诗中
诉说了忧愁和孤独，但是，他的诗并不仅限于此。他有生以
来第一次接触到百姓们充满苦难的生活实态，并将自己的所

见所闻写进了诗中。这段经历，为曾经一味吟咏学问的喜悦和苦恼、宫廷生活的颓废和美的诗人提供了崭新的现实主义素材。

在这些诗作中，具有代表性的是题为《寒旱十首》的连作。之所以用"寒旱"作诗题，是因为这十首诗都是以"何人寒气早（什么人会最先感受到寒气呢？）"为开头的缘故。也就是说，这部连作是以"寒冬袭来之时，到底是什么样的人会最先被严酷的寒冷抛入苦难的深渊里去呢？"作设问，分别吟咏了处在社会底层的十种职业和境遇的人们。

何人寒气早

寒旱走还人

案户无新口

寻名占旧身

地毛乡土瘠

天骨去来贫

不以慈悲系

浮逃定可频

什么人会最先感受到寒气呢

寒气早早地袭来，向着从逃亡之地被遣返回来

的流浪者

即使重新调查户籍，也找不到这返乡归来的人
的名字

每次都要询问他的名字，来推测他是哪里的人

土地贫瘠，收成可怜

因为居无定所的生活，而心力交瘁

如果当政者不以慈悲为怀，心系苍生

离散流浪一定会更加频繁

这首诗所描述的，是在苛捐杂税和强制劳动的逼迫下无
法正常生活而逃亡到别国的人，因为仍然找不到可以安居的
乐土而不得不重返故土的悲惨境况。就算翻遍了户籍册也无
法找到那个人的名字，所以他除了彻底沦为流浪者以外，别
无选择。

何人寒气早

寒早药圃人

辨种君臣性

充徭赋役身

虽知时至采

不疗病来贫

一草分铢缺

难胜箠决频

什么人会最先感受到寒气呢

寒气早早地袭来，向着在药草园里劳动的人

他的职责是，从各种各样的药草中辨别出高贵

的药和普通的药

因为他身负着租税的义务，所以必须以这种劳

动来代替租税

时节一到，就要手脚利落地采集药草

然而他自己即使被病魔侵袭坠入贫困，也不能

用药草来医治自身的病痛

因为哪怕是一根药草，少了一分一厘

也难逃苛酷的鞭刑

在栽培高贵药草的药草园里劳动的人，不管得了什么重病，都不能随便取用自己手中的药草，哪怕是仅仅一根。

《寒早十首》所咏的对象，除了以上之外，还有从别国潜入赞岐国的流浪者，死了妻子、抱着小孩一筹莫展的老人，失去了双亲的孤儿，寒冬腊月也仅穿一件单衣在驿站之间忙着运输的马夫，同样从事运输劳动的海上的船夫，想用鱼充当租税，却不知何时才能钓上来鱼的渔夫，从事四国海岸上有名的产业——制盐业的卖盐人，以及樵夫，等等，他们都是在严冬最先感受到寒气的人。

在此值得注意的是，这部连作里所咏的人物，几乎全部都是被苛捐重税压得喘不过气来的贫苦百姓。道真正是征收租税一方的代表者，却写出了这样的作品。因此我们可以说，这部诗作无疑讲述了这样一个事实——对于道真来说，在赞岐国发现的现实是多么具有冲击性。本来，要将以上十种贫穷者所有的生活实态都尽收眼底，必须得是像他那样身处高位的官员。但是，从原理上来说，高高在上的官员，几乎是不可能对那些贫穷阶级产生同情和共鸣的。从这个意义上来说，菅原道真是绝无仅有的官员和诗人。为什么这么说呢？那是因为在他之前和之后，都很难见到既是诗人同时又是高官的人，并且，能有他那般出众诗才的人，更是凤毛麟角。

他将在赞岐国的见闻收入胸中，再次回到了京都。之后，在宇多天皇的拔擢下，道真以惊人的速度步步高升。但是，他的心中应该是充满了重重矛盾的吧。哪怕只是目睹过一次赞岐国贫苦民众的悲惨状况，他也已然无法再心安理得地重新投入到高官显贵们的荣华生活里去了。但是，他的官位却不断地得到升迁。宇多天皇和其后的醍醐天皇这两位帝王的意志，支撑着他史无前例的飞黄腾达，他不能辜负他们的殷切期望。

正因如此，由于藤原家的可怕阴谋，醍醐天皇听信藤原家的谗言，收回了对道真的信赖时，一切都在顷刻间灰飞烟灭了。他向宇多太上皇求救，太上皇也为了把他拉出深渊而尽了力，但还是没能阻止这场宫廷政变。他在完全身无一物的状况下，被流放到西边尽头的太宰府，住在形同废屋的官邸里，身边只有他无比尊敬的中国大诗人白居易及其他诗人的诗集。当时他五十七岁，之后他仅仅活了两年，其间他写的诗有三十九篇。流传至今的他的诗作共有五百一十四篇，所以，从数量上来说还不到全体十分之一的这些诗篇，构成了他遭遇巨变后的文学生活的全部。

可是，在这些诗当中，包含着真正无愧于杰作之称的长短各种类型的诗，就是这些作品，使道真的名字成为不朽。

他在这些最后的作品中，极其详细地描述了周围生活环境的惨淡，他愤恨冤屈，悲叹命运，想念妻儿，反复吟咏周边荒凉寂寥的风物和内心的孤独，痛悼陷入与自己相同境遇、被逼致死的正义友人，哀叹即使求佛也得不到心之平安——在他的笔下，其生活有如电影，历历地回放在千年后的我们的眼前。

并且，他的诗中充满了对以白居易为首的中国唐代诗人们诗作的引用，形式上也极其严密，始终保持着堪称古典主义诗歌典范的工整端丽。

形式上绝无仅有的安定感和内容上揪心般的悲怆控诉，这两者的共存，显示出菅原道真诗之业绩的伟大。

在此，我们不可能详细地介绍他的长篇诗作。因此，我想引用长诗的一部分或几首短诗，来看看他最后的生活状态到底是什么样子。

先来看一下他日常生活的一个片段。

与谁开口说

唯独曲肱眠

郁蒸阴霖雨

晨炊断绝烟

鱼观生灶釜

蛙咒聒阶砖

野竖供蔬菜

厮儿作薄饘

到底能开口和谁说呢

只能枕着胳膊独眠

郁郁不停的连绵阴雨

每天早晨也常常断炊

小鱼在滴满雨水的锅灶里游泳

青蛙在台阶的瓦上聒噪

农家的孩子拿来了蔬菜

帮厨的孩子给我做了稀粥

可以看出，他住的官邸，是年久失修的废屋。在那个破烂不堪的房子里，他连定时做饭的心情都没有，意气消沉地生活着。只有住在附近村子里的孩子们，有时会给他拿来蔬菜，或是给肠胃虚弱的他做一顿清淡的饭菜。

可是即便在那样的状况下，他还能写出这样的作品，不禁令我们叹服其非凡的创作力和表现力。一读之下，千年前被流放的大诗人的生活状况，仿佛一幕一幕地浮现在我们眼前。他在这样的境况下，还焦急地等待着留在京都的妻子的书信。妻子也一定不能够随意地写信吧，她曾经在包裹上写着"药品"，但实际上寄来了生姜。

读家书。 七言。

消息寂寥三月余

便风吹着一封书

西门树被人移去

北地园教客寄居

纸裹生姜称药种

竹笼昆布记斋储

不言妻子饥寒苦

为是还愁懊恼余

毫无音信地过了三个月

终于顺风吹来了家书一封

读后得知，我家西门边种的树被人连根拔去

北庭的空地上，有外人住了进来

纸里包着生姜，外面写上"药"

竹筒里塞进海带，写的是斋戒的食物

妻子儿女的饥寒，却一句也没有提及

可正因如此我才忧愁顿生，更加懊恼

实在是一首感人的诗。我们通过这样一首诗，宛如亲历现在正在发生的事情一样，感受到了政治犯全家的痛苦。

道真被流放太宰府期间，他所信赖的朋友藤原滋实在太宰府的正相反的方向，即日本东北角上的奥州突然死去了。滋实是位憎恨官场上的腐败、以廉洁正直闻名的官吏，似乎正是因为这样他才招来了部下的怨恨，从而不明不白地死去了。道真在接到他的讣告后备受打击，写下了恸哭其死的长诗。当时，不少被派遣到东北地方的官僚们，在那片土地上搜刮民脂民膏，中饱私囊后还经常向都城的高官们行贿，从而在几年后重返京都走上飞黄腾达的道路。在诗中他是这样描写这些官僚的：

归来连座席

公堂偷眼视

欲酬他日费

求利失纲纪

官长有刚肠

不能不切齿

定应明纠察

屈彼无廉耻

盗人憎主人

致死识所以

任期满后回京城与曾贿赂过的高官坐在一起

在官中的官厅里行贿者与受贿者偷偷地交换眼神

为了报答来自东北的礼物

利欲熏心，国政大纲抛到九霄云外

上司若是刚毅正直的人

怎能不为这腐败扼腕切齿

必定会痛斥这不正行径

弹劾这帮寡廉鲜耻的家伙

如此，盗人反而会憎恨主人

主人在将要失去生命时，才领悟到事情的缘由

  道真在诗的最后两行，写出了因为坚持正义，反遭恶人嫉恨而最终被杀死的上司的悲惨命运。临死时才理解了整个事态的上司，这个人物无疑指的是友人藤原滋实；但是我们

可以容易地看出，那里面有着道真自身的影子。

他以在东北死于非命的亲密友人的悲剧性命运为寄托，借此诗发泄出因为更大的阴谋而被流放西国的他自己的激昂和愤怒之情。

这种有着政治性的背景、抨击当权者的不正和腐败的诗，在道真的全部作品里并不是很多。但是我认为这种诗出现在日本诗歌的历史中，是件非常重要的事情。当然，到了近代以后，拥有政治性、社会性主题的诗歌不在少数。可是，其中很多作品都没有高度的艺术价值。与此相对，在近代以前的日本诗歌史中，除去菅原道真，再无人写出过这种主题的诗。

但是，是政治家或武家的同时，也是诗人——这类人的人数可以说极其庞大。这件事就像一个巨大的谜团。

然而，日本的诗歌史从菅原道真以后，其主流就由"汉诗"转移到了"和歌"上。这个戏剧般的变化在极其短暂的时间里实现了。那时的主要人物当中，就有宇多天皇和醍醐天皇。同时，就像我再三讲过的那样，在和歌这种形式中，人们不断追求着纤细的美之情感和无限的简洁洗练。与具体叙述政治性或是社会性主题的"汉诗"完全不同的道路，就这样被开启了。

之后，政治家（其中多数是藤原家出身的贵族）也好，武家（其中多数是依靠武力赢得了胜利，但到最后必定憧憬贵族的文化背景，从而朝着贵族文化的方向迈进）也好，他们都承认美的理想的中心在于和歌的纤细和洗练，所以他们所作的和歌，也都理所当然地与政治和社会问题毫不相干。即使有关系，那也是仅限于内在感情的范围。

看了这样的历史背景，我们就会明了，为什么道真作为诗人没有得到正确的理解和评价。我们还弄清楚了，他使用从中国传来的汉诗作为自己的诗体，是他被忘却的一大要因。可是，他能够写出这样杰出诗篇的原因，也正是在于他使用了汉诗这种形式。所以，想来他就是一位生活在矛盾之中的诗人。一个巨大的深渊横亘在汉诗与和歌中间。从这个意义上来说，菅原道真正是这个深渊本身。但是，经过了千年的岁月，我们有必要将他唤醒。这在考虑日本诗歌的问题上，是非常重要的。

第二章

纪贯之和"敕撰和歌集"的本质

一

　　我在上一章讲了日本古代最杰出的汉诗人菅原道真的诗以及他作为流放者悲惨的死，回顾了他充满荣光同时又极度失意的人生。

　　道真死于十世纪初的 903 年，享年五十九岁。在他辞世两年后（905 年），日本最初的敕撰和歌集《古今和歌集》完成并被献给了醍醐天皇。这部和歌集又被略称为《古今集》。关于其完成的具体年份，也有学说认为还要稍晚。不管怎样，这部收录了一千一百多首和歌的歌集，是继古代日本最早最重要的、收录了约四千五百首的《万叶集》之后的第二部具有极高权威性的和歌集。

　　《万叶集》是把跨度约三百五十年的诗歌作品，耗费数年，经数人之手整理编纂而成的，最终完成于八世纪中叶。所以，从《万叶集》完成到《古今集》问世，相隔大约一百五十年的岁月。

为什么在如此漫长的时间内没有出现过一部像样的诗歌集呢？这是因为，日本的九世纪是处于中国文明绝对影响下的一个世纪，各级官僚和知识分子们几乎毫无例外的——菅原道真正是其中的典型——全部热衷于使用中国的文字来创作中国式诗文。

日本的九世纪到十二世纪的四百年间，被称作"平安时代"。这是日本历史上少见的政治平稳、社会安定的一段时期。九世纪也正是处于这段黄金时代开头的一百年。在这四百年间，政治支配体制虽然也在发生着缓慢的变化，但是从整体来看，在政界一手遮天的，是古代豪族中特别有势力的藤原氏一族。藤原氏依靠和天皇的姻亲关系在政界翻云覆雨，炙手可热。

藤原家的祖先可以追溯到七世纪中叶去世的藤原镰足。他帮助后来当上天智天皇的中大兄皇子除掉了当时朝廷的心腹之患苏我氏，并且为建立以朝廷和天皇为中心的中央集权国家立下了汗马功劳。他的儿子不比等继承父亲的事业，为使中央集权国家的统治更加稳固，相继制定了刑法和行政法等基本法。这就叫作"律令制"。古代日本由七世纪中叶开始至十世纪大约延绵了三百年的强有力的中央集权的国家体制，就是这么确立的。

不比等有四个非常出色的儿子，他们分别建立了藤原氏的四个家系[1]。特别是始自次子藤原房前的"北家"家族人才辈出，涌现了许多优秀的政治家，他们可以说在所有意义上都引领了整个平安时代。

但是，关于不比等，我们还必须指出重要的一点。那就是，他的女儿光明子当上了圣武天皇的皇后。在那之前，成为天皇皇后的女性仅限于皇族的女子。这个铁则随着光明子成为皇后而被打破了。据说光明子自幼非常聪明，成为皇后以后也虔诚地信仰佛教，行善积德，还为贫穷病苦的大众设立了两个疗养院。

从藤原氏这个臣下的家里出现了皇后，这可以说给日本的政界带来了极其重要的、崭新的要素。自那以后，藤原氏后代的四个家族都争相把自家的女儿送进宫里，互相竞争成为天皇的妃子。

如果妃子生了皇太子，那么这名妃子的父亲，也就成了下一任天皇的外祖父。而且，倘若新即位的天皇尚未成年——这是很常见的，因为当时的天皇一般都是还在壮年时就退位成为太上皇——这个外祖父就会代替幼小的天皇执政，从而直接参与朝政，这就叫"摄政"。就这样，国家的绝对权力就由新天皇让给了他的外祖父。

1　南家（武智麻吕）、北家（房前）、式家（宇合）和京家（麻吕）。

还有，就算天皇已经成年，也时常会出现藤原氏的有力人物代替天皇执政的情况。这就叫"关白"。

"摄政"和"关白"这两种制度合起来称作"摄关制"。藤原氏一家拥有着庞大的关系网，几乎控制了整个摄关制度，从而进一步巩固了其巨大势力。

当然，在摄关政治的初期，也未必是每位天皇都会设置摄政和关白的。其中最显著的例子，不是别的，正是菅原道真超乎寻常的步步高升的事实。宇多天皇大大提拔了道真，之后的醍醐天皇，也继承了父皇宇多的意志，让道真和藤原氏族中势力首屈一指的藤原时平平起平坐。两位天皇就通过这样的方法削弱藤原氏的专制体制，意在扩大天皇亲政的可能性。但是，正如我已经讲过的那样，这个计划在藤原氏顽强的抵抗下不久就土崩瓦解，而道真也由此走向了毁灭。

二

藤原家的势力就这样一步步地不断得以巩固。他们在最大限度地辅佐天皇的同时，也依靠摄关制度在以政治为首的社会生活的各个领域，发挥着高度的、实质性的指导作用。当然，在文化领域，它的权威也无须赘言。并且，重要的是，从藤原氏各个家系中也出现了众多诗人、画家和散文家等艺术家。所以说，藤原家不仅培养出了多位政治家，还在文学、艺术等领域，贡献出了数量可观的优秀的创作者及有力的支持者。

然而，有意思的是，从在政治斗争中败给藤原家的氏族中，也出现了不少站在指导性立场上的诗人。这些人虽然作为官僚地位并不是很高，但作为诗人，却获得了人们的尊敬和崇拜。

特别是天皇自身钟爱诗歌、艺术，并且强烈希望从藤原氏的政治、文化专制中争取到一个相对独立空间的时候，这些虽身为低级贵族却有着非凡诗才的诗人们，就得以在文化界崭露头角了。这正是最初的敕撰和歌集——《古今和歌集》编纂时发生的划时代的新事态。

并且，令人感到意味深长的是，这种状况得以变为现实的最大动因，就是宇多天皇、醍醐天皇父子俩的意志。之所以这么说，也是因为众所周知，宇多天皇是大力提拔菅原道真的人。天皇对于道真作为儒学者、汉诗人的才能怀有绝大的敬意。这种敬虔的心情也被其子醍醐天皇原样继承了下来。然而，另一方面，宇多天皇又是一个深爱和歌的人。

其中一个理由，也可以说是意外的理由，就是宇多天皇很难抵抗才貌双全的女性的魅力。天皇的后宫有不下十四人的嫔妃，都是从藤原氏和其他几家高级贵族家挑选入宫的女子，分别在不同时期侍奉在天皇的寝宫。在这当中，有菅原道真的女儿，同时也有藤原时平的女儿。更引人注目的是，这些女性中至少有三人是歌人，特别是其中的一位叫作伊势的女子，是位才色兼备、风靡一时的美女歌人。她在离开后宫后嫁给了一位皇子，生了一个女孩，而这个女孩长大后也成为一名优秀歌人，人称"中务"。

在后宫里侍奉宇多天皇的女性的数量，实际上也并不算太多。醍醐天皇是十六人，紫式部、清少纳言、和泉式部等女官侍候的一条天皇仅有六人。至于在日本古代诗歌史中作为文艺活动的支持者，更是作为实际的歌者或诗人而留下光辉业绩的后白河天皇和后鸟羽天皇，他们分别把十七位和十三位女性招进后宫，加以宠爱。

在这些女性中有着许多优秀诗人、歌者和舞蹈家。这表明在宫廷女性应有的魅力之中，不仅要有美貌，同时还要具备作诗、表演等特殊才能。

女性的诗歌，自不必说就是用女性普遍使用的文字、也就是假名文字所作的和歌，而不是用男性文字（汉字）所作的汉诗。换言之，正是藤原氏在政治上的主导权得以不断巩固的决定性因素——摄关政治体制，把后宫的女性们推上了一个非常重要的地位；同时，把她们所擅长的文学表现，即和歌，引领到宫廷社会风光无限的正式舞台上，取代了汉诗的地位。这也是摄关政治发展的一个必然结果。就这样，最初的敕撰和歌集编纂的条件成熟了。

在政治事务的处理方法上，严格的律令制度和带有"闺阀（后宫）"政治色彩的摄关制度两者相混合，形成了一种特异的政治形态。这时候，对中国制度的忠实模仿已经过时，儒者菅原道真的失势，正是象征性地宣告了这个历史性的变化和转换。只比他年轻约三十岁的青年才俊纪贯之的华丽登场，象征着十世纪初在日本发生的一大转换，即由对中国（唐帝国）的崇拜到对本国文化的尊重、由汉诗文到和歌和假名文字文学、由最高级贵族指导的文化到中级贵族指导的文化，也即由菅原道真到纪贯之的转换。

纪贯之和其他三名地位微不足道的低级贵族，只是因为他们和歌的才华出众，就被天皇任命负责编纂《古今和歌集》。在接受这个光荣而又责任重大的任务时，他们该是怀着怎样一种诚惶诚恐的心情；而当这个伟大的事业终于顺利完成的时候，他们的万千感慨，也超出了我们的想象。

在这之前的一个世纪里，宫廷内所有仪式的正式语言，都不是本土的大和语言，而是使用中国文字的汉诗和汉文。和歌被认为仅仅是传递男女间秘密恋情的途径和私人化的通信工具，不能堂堂正正地出现在正式场合。随着《古今和歌集》的完成，和歌不仅得到了天皇的绝对权威的支持，而且还一跃登上了宫廷的正面舞台。之所以这么说，是因为所谓"敕撰"，正是意味着"由天皇选出、编撰"的缘故。

纪贯之在其撰写的《古今和歌集》假名序中非常自豪地

吐露了这种喜悦之情。这也正是和歌向汉诗发表的胜利宣言。

《古今和歌集》自完成直到二十世纪初期的一千年当中，奠定了以诗歌为首的日本所有的艺术表现、风俗现象和美学意识的基础。纪贯之的假名序成了被后世不断参照的神圣美学的基本。诗歌论自不必说，茶道、花道、香道、音乐、舞蹈、能乐、狂言，甚至武士道，各个不同领域的理论指导者都或显或隐地从《古今集》序文或集中的和歌中寻找自身理论的精神支柱。同样，他们也在效仿《古今集》编纂的代表各个时代的敕撰和歌集中找到了范例。

当然，纪贯之的名字也就成了极其神圣的权威。一直到十九世纪末掀起和歌革新运动的青年正冈子规向他发出激烈挑战之前，他的权威在十个世纪的漫长岁月里一直岿然不动。

造成这种历史性的转变的，与其说是纪贯之个人著作的价值，不如说是源自"敕撰"的权威。并且，作为诗歌集的《古今和歌集》本身，也的确收录了众多在日语的诗歌表现史中经得起时间磨砺、带有古典美和张力的优秀作品。

三

在此，我想给大家介绍纪贯之所作的假名序中最为核心的一段，即序文的开头部分。

和歌以人心为种，成于万言。人之在世，事业
纷繁。感于事物，心有所思，托于见闻，咏为和歌。
花间黄莺鸣，水边河蛙叫，万物皆发歌谣。无须假力，
可撼天地，感鬼神，和男女，慰武士者，歌也。[1]

　　在这段文章中，纪贯之指出，和歌的"种子"萌发自人心，然后人心则是随着自然界风景和世间万物的变化而变为千变万化的语言，即以和歌的形式表现出来。更进一步，他认为无论是于花间婉转的黄莺，还是在水边欢唱的河蛙，所有的生命，都无一例外地成为歌谣的创作者。日本诗歌的一个基本特征，就是高度洗练的万物有灵论。这段文字作为很早表明这种思想的理论而引人注目。

　　之后，纪贯之又进一步展开了他饶有兴味的主张。他说和歌"无须假力"就能震撼天地，感动鬼魂。换言之，即在和歌短小简洁的语言构造体中，居然蕴含着能震撼各种超自然事物的巨大能量。甚至还可以说，诗歌是通过被超自然的事物赋予了特殊灵感的人类之口创作出来的、超自然的存在本身的意志。这种思想，至少与西欧的读者们所熟悉的诗歌观大为迥异。

1　假名序，原文为日文，作者纪贯之。译者译。

在纪贯之的诗歌理论中，处于核心的是"人心"。他所谓的"人心"，是融合于一草一木，和鸟兽虫鱼一起歌唱的"诗心"。

这也说明了，日本的和歌为什么会采用"五七五七七"这样一种精致短小的音节形式。因为这种把与山川草木共鸣、与鸟兽鱼虫同歌变为可能的诗体，为了具备简单纯粹这种美德，也是更短为佳。并且，要想把大量的暗示和对他人的感召力变为可能，简短的形式甚至可以说更为有利。

换句话说，日本的和歌并非绝对推崇独创性的构思和天才般的灵感——当然二者也颇受尊重，比起这些更加被重视的，是一个人的诗歌被他人甚至自然界的生物或无生命体所感应和应答，从而在两者之间形成一种唱和的关系。

实际上，"和歌"这个词的"和"字，一是意味着大和（日本的别称），但其更本质的意义，就是"应和人声"，甚至追随对方的心而达到一种"互相亲和、互相安慰"的境界。也就是与对方互相唱和，追求和谐，才是"和歌"这个词的根本意义。

纪贯之所主张的也正是如此。此外，"和歌"这个词既然是这个意思，当然也就意味着它能亲和男女间的感情，抚慰勇猛武士的心。

总之，和歌的理想，就在于它能使超自然的令人敬畏的力量变得柔和，能使天地自然和死者的灵魂得到感动。因此，在古代和中世，和歌亦被作为遏止干旱和洪水等天灾，以及保护人们免受瘟疫侵袭的咒语而时常唱诵。人们深信和歌中蕴含着超自然的感应力。对于和歌那种不可思议的神奇力量的信仰，在古代和中世的日本社会，甚至在一般民众中都广泛存在着——实际上，比起王室贵族，普通民众的信仰更为坚定。

在这种非常实用的意义上，恐怕和歌和西欧的诗相比，有着完全不同的性质。它以"人心"为种子萌芽生长，最终依据"和谐"的原理，把超自然的可怕事物都加以人格化而使之变得和善可亲——这种力量就潜藏在和歌的内部。

若要举出日本人对诗歌的内在力量如此深信不疑的原因，我想或许在于日本列岛地理位置的特殊性吧。这种特殊性使得日本在很长的岁月里没有受到外敌的侵略，幸运地享受着国内的和平，从而使人们相信纯粹自然的力量。

同时，由于日本列岛处在东南亚亚热带季风气候的控制下，夏天高温多雨，空气湿润，为植物的繁茂生长提供了绝佳的条件。同样，日本春秋的气候富于变化起伏，动植物的种类也丰富多彩。这些都说明了为何纪贯之在序文开头必然提及"黄莺和青蛙都禁不住放声歌唱"。

通过上述的观点我们可以明确，日本人万物有灵论的形成，是注定无法回避的事实。我们也可以理解，正是这种自然观，造就了日本诗歌的基本特征。

四

纪贯之在《古今和歌集》的序文中，谈到了许多他所关心的事项。这些我就不一一深入探讨了。序文的中心部分，很明显就是刚才我所举的那一段。我只是在想，我们刚刚提到的这种思想，归根结底，不只是和歌，也在日记、物语、随笔等散文当中，甚至在茶道、花道等把日常生活无限艺术化的、日本独特的"生活艺术"当中，或者更普遍地说，就是在以祭礼为首的年节活动当中都存在着，形成了它们共通的文化精神底流。

另外，我们必须强调这亦是贯穿历代的"敕撰集"的基本编纂思想。人们追求"和"的心，最终将会化解超自然的恐怖力量，使之变得柔和；并且，为实现这个目的而最受推崇的手段，则非和歌莫属。这就是贯穿敕撰和歌集的理念。

这也就是一种应该叫作帝王统治理想的观念。当然从实际来看，先是藤原家族掌握政治实权四百年，之后又是延续六百年的武家统治。所以在长达大约一千年的时间当中，天皇几乎都没有作为统治者亲自执掌国家大权，而是由贵族和武家代为执政。但是，就是这些实权在握的贵族和武士们，对于没有任何军事力量、只是象征性的最高统治者天皇的权威，也未曾公然进行否认。相反地，可以说他们通常是通过效仿天皇的精神权威，从而主张自己权力的正当性。这是因为，人们认为天皇的权威不仅是现实的，同时也是神圣和绝对的。

在这种情况下，天皇成为"敕撰和歌集"编纂事业的中心，就有着巨大的意义。正如前述，和歌本身被看作能发挥神圣力量的东西。因此，贵族也好，武家也好，只要出现了敕撰和歌集编纂的计划，他们都会积极地提供支持和援助。

如果举其中一个比较突出的例子，那就是在十四世纪上半叶开创室町幕府并成为其初代将军的武将足利尊氏。作为乱世枭雄，他在近代日本受到的评价，一般是比较负面的，如"阴谋家""反叛者"等。但实际上他极为热爱和歌和连歌，自己也创作过许多风格优雅的作品。他甚至还成为推动敕撰和歌集《新千载和歌集》编纂的原动力。并且，由他开启的室町幕府时代约二百年间，虽然不断地受到社会动荡浪潮的冲击，但还是保护和发展了能乐、连歌、中国风格的水墨画、茶道、花道等各种艺术，并对以禅宗寺院为据点的文化，特别是庭园文化的发展做出了巨大的贡献。

纪贯之在《古今和歌集》序文中所揭示的"和"的理想，不仅贵族，也被武士阶层奉为毕生追求的理想。从这样的事实中我们亦可以明了，他在序文中所叙述的关于和歌本质的理论，已然超过了单纯诗歌论的范围，而是被理解成即使是帝王将相也都应当尊重的、贯穿天地万物的和平、繁荣和共存的简洁原则。

我想，这才正是延绵五百年以上、在二十一位天皇的治世中，敕撰和歌集被持续编纂的最根本的理由。换言之，那些不只是艺术性的诗歌集，而是包含了极其有效的政策性的侧面——大力彰显天皇及在其背后的实际当权者统治下的太平盛世。[1]

五

当然，不能说每部敕撰和歌集都是非常优秀的上乘之作。我们可以很容易想象出，其中最重要的理由，就是在于陈腐重复的无限泛滥。只有三十一个音节的诗型当中，不可能出现那么多富有独创性的作品。

因此，为了赋予和歌短小的形式以丰富的内涵，从很早以前人们就开始用各种方法进行尝试。其中著名的方法之一，就是被称作"本歌取"[2]的方法。这是一种有意识地借用被公

1　从这个意义上来说，日本的敕撰集与中国的《诗经》等诗歌集相似，皆被用作体现统治者意志的、旨在对民众进行礼乐教化和精神熏陶的文化经典。
2　日语写作"本歌取り"，指在创作和歌或连歌时，有意识地袭用有名的前人作品中的遣词用句、修辞手法和构思趣向的一种表达技巧，类似于我国古典作品的"用典"。《新古今集》时代最为兴盛。如藤原定家以《万叶集》的"苦しくも降りくる雨か三輪が崎佐野のわたりに家もあらなくに"为本歌创作的"駒とめて袖打払ふ蔭もなし佐野のわたりの雪の夕暮"。

49

认为优秀的前人和歌用词和修辞手法的一部分，来构成自己作品的方法。为什么要这么做呢？这是为了使和歌的阅读者或倾听者能够通过与所借用前人和歌的重叠而感受到古香余韵。并且，通过这种方法所获得的品味作品的享受，也是复杂和丰饶的。

这种场合，借用的和歌必须是有名的前人作品。因为，如果一首新创作的和歌，读者不能领会是"本歌取"的作品时，就会被认为不过是单纯的剽窃。"本歌取"，并不是对以往名作的盗用，而是反过来用一种奇特的方式来表达对原作的敬意，或是将其脱胎换骨提升到更高的层次。因此，被借用的作品应该是人尽皆知的。

这种大规模地借用前人作品的行为究竟意味着什么呢？这说明了一个重要的事实，即在一千年前或八百年前左右的日本，大多数宫廷人士和有教养的男女都能够背诵有名的前人和歌。这可以说是令人惊叹的事情。实际上，有些时候甚至会出现这样的例子，即在一首三十一音节的短诗当中，会同时借用二至三首前人和歌的用字、素材或意境，这样，这首新作就会被当作极其优秀的作品被争相传诵。而这种情形，如果没有出色的作者和能够充分理解、赞赏这种妙技的优秀读者同时存在的话，是不可能出现的。

这种由作者和读者共同构筑的浓密的文学空间，也就是使敕撰和歌集的传统能够不断延续下去的环境。在此，作者即读者。这样，和歌的形式仅限于短短三十一个音节应该是有利的，因为它能使诗人们轻松地记住大量的前人作品。像"本歌取"这种一般西欧人无法想象的诗歌创作方法，在日本反而会作为作者和读者互相显耀其丰富的诗歌教养的手段而被积极地运用，大概也源自和歌本身的这种条件吧。

也就是说，在这里，创作诗歌和欣赏诗歌，亦是社交上最洗练的一种形式。在这种文学环境当中，如"歌会""连歌"和"连句"等在共同性的原理上成立的、日本独特的诗歌创作和鉴赏形式也被培育了出来。

六

下面，我打算从敕撰和歌集的代表——《古今和歌集》中选取一些作品来介绍给大家。首先我想先声明的是，日语本身是一种极富微妙语感的语言，特别是最具日语特征的助词和助动词，它们自身不能单独使用，是在翻译时最难处理的词类。它们通过与名词、动词和形容词等相结合，产生极其丰富的意义，表达极富神韵的文学意味。而且，无须赘言，和歌是助词和助动词最为活跃的文学领域，特别是《古今和歌集》，就集中体现了这一特色。《古今集》的和歌，就像是由微妙的低音回响和呼应组成的室内乐，或是繁复交错织出纤细花纹的阿拉伯风格的锦线。

在这点上，与《古今集》相比，在其完成三百年后编纂的《新古今和歌集》，甚至《新古今和歌集》之后一百一十年及一百四十年编纂的后期敕撰和歌集的代表《玉叶和歌集》和《风雅和歌集》等，因为加强了名词、动词和形容词等的比重，在含义和意象上都变得更加明晰。

在此，我来给大家介绍两首既不会引起翻译难题，又能充分体现《古今集》特征的和歌。这两首都是《古今集》代表作者的有名作品。

首先是位于《古今集》卷三（夏卷）最后的、凡河内躬恒的和歌。这首歌有题目，是《水无月¹之末日所咏》（旧历六月三十日所作的和歌）。按照旧历，六月三十日是夏季的最后一天。这首和歌被放在夏卷的最后，也是出于此因。由《古今和歌集》开创的敕撰和歌集的编辑方针规定，咏四季的和歌都必须严密地按照日历的顺序来排列。

　　　みな月のつごもりの日よめる

　　夏と秋と行きかふ空のかよひ路は

　　　片方すずしき風や吹くらむ

1　日语写作"水無月（みなづき）"，日本阴历六月的古称。

水无月之末日所咏

夏秋交错云中路

应是凉风一侧吹

这是一首描写酷热难当的夏天终于过去，翘首以盼的凉爽秋天终于要来临那天的愉快空想的诗歌。和歌意兴的中心在于，想象在季节交替的瞬间，秋和夏擦肩而过的空中通道的一侧，已然是凉风飒飒的情景。

无须赘言，夏和秋并不是在这天突然互换，空中也没有这样一条季节交替的道路。一切都是幼稚的空想。可是尽管如此，这首歌还是让我们感受到了魅力。这是因为，读着这首和歌，我们眼前就会浮现出这样一幅鲜明的动态画面——空中架起了彩虹桥般的幻想通路，夏和秋互相挥手作别，一个消失，一个出现，极富动感。

并且，这首和歌显示了当时日本的知识阶层对于历法这个新生事物的强烈关注。对历法的关注，换言之，就是对时间流逝的关注。平安朝的贵族们在考虑生的问题时总难避免这样一种倾向，即把生命看作不断消逝的东西，不断走向死亡的东西。"盛者必衰""会者定离""盛衰枯荣"才是人生常理的思想，是日本人从佛教教义中汲取的最重要的人生观。无论是人的生死，还是社会中每个人的命运，抑或是恋爱的结果，日本人更倾向于把它们看作无时无刻不在变化的东西。这是一种厌世观，但同时也是对不断消逝的美的发现。带有一种独特的虚无主义的、对逝去的一切事物的爱惜和执着，就由此产生了。这是日本美学意识的重要元素之一。

但是，在此我并不打算对这个众所周知的主题进行深入的探讨。总之，凡河内躬恒的和歌，胜在它天真大气的空想上，这是值得我们珍视的。就此我们回过头来，去追寻穿过短小和歌的凉风的去向吧。

凡河内躬恒这首和歌之所以被放在第三卷夏卷的最末尾，其意义在我们读到第四卷即秋卷的卷首歌时，就顿然清晰起来。这就是藤原敏行的题为《立秋日所咏》的和歌。

秋立つ日よめる
秋来ぬと目にはさやかに見えねども
風のおとにぞおどろかれぬる

立秋日所咏
未见秋显色
却惊风起声

这首对于日本人来说再熟悉不过的、宣告秋天到来的和歌，正像一个接力选手从前面选手手中接过接力棒那样，从宣告夏天结束的凡河内躬恒那里完成了季节的交接，开始了秋天第一棒的奔跑。

也就是说，在夏天最后一首和歌中生起的凉风，继续吹拂在秋天最初的和歌中。并且，这风是以使人突然惊觉的微妙音色登场的秋天的第一丝风。虽然眼里没有看见一抹秋色，但悄然吹起的秋风，只因其中的那丝微凉，它的声音就会被敏锐的耳朵捕捉到而引起人的惊喜——"啊，秋风来了"。

七

在此，有件重要的事情变得清晰起来。那就是，普遍认为比"视觉"更为微妙和难以捉摸的"听觉"，在和歌里面，却被作为比视觉更具深意的感觉而倍受青睐。

这也就意味着，无论男女，比起眼前看见的现实的东西，平安朝的歌人们对从远方传来的诸如声音这类的"感觉"更为敏感。我想，这应该是与他们当时实际的生活形态本身密切相关的吧。之所以这么说，也是因为，大多数情况下他们的生活圈子都是非常狭窄的，与其说是以眼睛来探虚实，不如说靠耳朵听到的更能左右他们的生活。在那时，人们的传言有着今天无法企及的撼动人心的力量。特别是在男女关系上，有必要时刻密切关注耳闻的情报。比起视觉，有必要对听觉更加敏感，这也就自然产生了刚才读到的那首和歌的感觉。

特别是女性的行动范围——至少在贵族和富庶人家的场合——是非常小的。她们一般守在深宅大院里面，过着足不出户的生活。也正因为如此，在恋爱上往往会比较困难。那时，男子们往往只是听到一些传闻，就对尚未谋面的女子产生好感而不断地寄送情书以表达爱慕之情。因此，在身份高贵、家产丰厚的双亲的无比珍爱和呵护下长大成人的女子，身边同时出现几个这样的求婚者进行竞争，也是很自然的事情。

这种事态之所以发生，源自当时的社会构造本身。正如我已经反复讲过的那样，平安时代是以藤原家族为顶点的律令官僚制度被严格维持的时代。藤原氏之外的贵族，即使个人能力较他人出色一些，在官职上也不能企望会有飞跃性的升迁。官僚们以家系为依据被自动定位，纵然抱有仕途上的野心，也基本上没有实现的可能。出类拔萃的知识分子菅原道真虽然得到了史无前例的高升，最后却落得无比悲惨的结局，这作为残酷的教训已经深深地刻在了人们的心上。

因此，对于男子来说，可以期待的、非常现实的出人头地的手段，不是别的，正是结婚。当时有很多男子认为，通过和当权者的女儿联姻，运气好的话，扬名立万也并非不可能。这并不一定是在道德上要受指责的事情。当然，其间也出现了许多带有喜剧色彩的插曲。但如果是对自己的才能、健康、运气和容貌有着足够自信的年轻贵族，这绝对是一项值得去挑战的"事业"。

在这种情况下，他们无疑要绞尽脑汁去做的事情，实际上就是创作恋爱的和歌。毕竟，对方常常是只在传闻中听说过的、从未谋面的豪门贵族的小姐。接近她的唯一手段，就是向她寄送恋爱的和歌。如果和歌达不到水准，或许连传递自己的心意都无法实现。就这一点来说，也是个非常沉重的负担。从这个观点来看，敕撰和歌集的存在，可以说是有着极大的意义。因为在歌集中，收录有许多对于不擅和歌的男子来说非常有用的和歌范本。

由此可见，和歌是打动女方心灵、赢得女方感情的极其实用的手段。这绝不是诗歌才能的单纯展示，有时甚至会成为激烈的恋爱争夺战中的武器。理所当然，它也是男女之间或是以宫廷人士为首的社会各个阶层之间的社交工具。和歌在这个意义上，是极其具有现实作用的。

和歌能够达到极度的感官上的洗练，也绝不仅单纯出于文学意义上的原因，而是出于刚才讲过的那种实用性目的。我的这种见解，也许并非日本的主流观点，但我对此深信不疑。

和歌作为现在也极受欢迎的诗体被日本人所喜爱，和歌的作者数以百万计，其中的缘由，概而言之，也就在于诗体的实用性。

当然，较少数的"歌人"在和歌的文学性上互相竞争的现象，从古至今都一直存在着。就是这样的歌人们，也是在先保证了实用性的基础上，才能实现艺术性的升华。实用性最一般的表现，就是在自己主办的杂志或面向初学者的辅导班中指导弟子们。

在日本，诗歌是一门能够手把手进行传授的艺术，这大概超出了西欧人的常识。在代表日本的两种传统诗体——和歌以及其派生形态、如今已经作为完全不同的诗体而独立出来的俳谐上，这种做法是非常正统的。实际上，千年以来的实践，已经不断地证明了它的有效性。

刚刚，我以和歌在听觉上的重要性开始，讲述了平安时代男女关系的特殊状态，以及其与和歌这种诗歌之间非常密切的关系。

实际上，和歌通过在日常生活中的应用，不仅已经深深浸透到了日本人的生活当中，更是在美学和生活道德方面发挥着至关重要的作用。正因如此，人们越发相信和歌所拥有的咒术般的魔力。而作为人生各种片段的表现手段，和歌也得到了人们的极大重视。

之后，带有这种性质的和歌的权威，随着二十一部敕撰和歌集的出现而被决定性地树立了起来。

当然，现代的和歌——经过 1900 年以后的诗歌革新运动，现在叫作"短歌"——的作者们，已经不再对平安时代以来的敕撰和歌集的权威深信不疑。短歌在大约一百年前急速地完成了近代化。那之前被神话了的纪贯之与他的《古今和歌集》的传统，自然首当其冲地受到激烈的挑战，那之后六七十年间里，纪贯之已成了落地的偶像。

但是，从最近二三十年前开始，学界出现了对他的业绩和其所发挥的作用进行重新评价的潮流。如今，学界对于纪贯之和《古今和歌集》的评价大大提升，逐渐恢复了理性的平衡。

实际上，纪贯之和以《古今和歌集》为首的敕撰和歌集的传统，即使可以单纯从近代主义的观点在表面上否定它们，但从根本上支撑着它们的日本社会的组织、价值观和风俗习惯，依然带着巨大的惯性，继续潜流在高科技社会的现代日本之中。

这种存在于超现代事物和超古代事物之间的、从合理性的观点来看很难理解的奇妙关联，时常令现代日本的外部观察者感到吃惊和困惑。我把今天的话题作为连续讲座的一个题目，也是为了使大家能够理解它们之间存在密切联系的原因。

第三章

奈良和平安时代的一流女性歌人们

一

　　我在上一章讲述了"和歌"这个词的含义。"和"这个词作为动词，就是"应和人声"，甚至是用心配合对方，来实现"互相亲和、互相安慰"之意。随后，我指出这也就是敕撰和歌集编纂理念的根本原理，并把它与纪贯之所作《古今和歌集》的序文相结合，进行了阐述。

　　"和歌是这样一种东西"与"和歌非常重要的创作者正是女性"——这两者之间，有着千丝万缕的联系。人们之所以会有应和对方的冲动，最重要的就是因为对方是异性。

　　因此，从和歌原理上来看，和歌是没有女性就无法存在的诗。特别是男性，由于他们关心的事情大都是社会性的，因而在其私生活上留下了许多繁复的投影。这样，这些因素自动制约、拖延、矫饰了他们直率的感情表达；设计各种借口来掩饰自己的情感也已经成为家常便饭。与此相对，女性因其行动被限定在一个很小的范围之内，所以她们的感情表达就来得痛切和率真，即使是在自我审视的诚实度上，她们也常常会凌驾于男性之上。

换句话说，就是女性比男性更加适合表现个人情感的和歌创作。特别是在恋爱方面，女性出于各种条件的限制，不得不认真对待。女性的爱情和歌，无论是在其情感的真挚痛切上，还是在其抒情的震撼力上，都普遍要比男性的爱情和歌高出许多。无须赘言，这就是因为她们必须背负着那样苛刻的条件进行恋爱的结果。所以，对于某些天才的女性诗人来说，爱情的和歌甚至就是她全部人生的概括或者象征。即，她们的爱情和歌，就是哲学性冥想的诗歌。我们可以通过和泉式部等的作品，看到女性和歌的这个特征。

二

我是以讲述平安时代初期伟大的汉诗人菅原道真开始这个讲座的。但是，日本的诗歌史在他出现以前，已经经历了极其丰饶的和歌时代。被认为是八世纪中叶完成的著名的《万叶集》，是对那个跨越三百五十年的和歌时代的高度概括。

也就是说，在平安朝初期的汉诗文全盛时代，即仅由男性读写的文学繁荣的时代之前，就存在着《万叶集》。若要讲解女性的和歌，首先必须提及《万叶集》中的女性歌人们。从活跃于七世纪中叶的最初的女性歌人额田王开始，一直到活跃于八世纪中叶古代日本文明的高峰期天平时代的大伴坂上郎女，其间涌现了许多优秀的女性歌人。在此我们只举出一位，她就是因为在《万叶集》中留下了以失恋告终的二十九首爱情和歌而博得了不朽名声的、天平时代的女歌人——笠女郎。

为什么笠女郎的作品全部都是歌唱爱情的呢？这不为别的，就是因为她的和歌都是为了仅仅一位男性而作的。而那位男性，就是当时最杰出的歌人和学者、《万叶集》的编纂者大伴家持。

《万叶集》全二十卷的编纂是持续几十年、经历了几个阶段的积累逐步完成的。家持深入参与了其编纂过程中最重要的收尾阶段。他是自古以来就保持着极其重要地位的贵族大伴一家在天平时代的代表人物。他自己也是一位非常优秀的歌人，《万叶集》中收录其作品的数量，占全部作品约四千五百首中的一成，达到了四百七十九首之多。

笠女郎曾经深爱着家持。从家持和女性们之间和歌赠答的情况推测，他大概和十人以上的女性有过或深或浅的恋爱关系。家持对于笠女郎的爱恋，好像是在开始不久就不知出于何种原因，变得消极厌倦，最终离开了她。

正如我已经介绍过的那样，在古代日本的贵族社会，成为恋爱中介的，不是别的，正是和歌。在古代日本，男人和女人即使是恋爱中甚至结婚后都往往不生活在一起。既然是分开生活，他们就要不断向对方倾诉自己的爱情，并同时确认对方对自己的感情。这样就有必要经常写作和歌，让充当使者的少男少女把和歌送给对方。

据我推测，笠女郎应该比大伴家持年长许多，是一位极其热情的女性。从她的和歌中可以得知，她应该在知性和感性上都非常出色。也许这些所有的优秀条件，对于她的恋人家持来说，就成了很沉重的负担。因此，他在经过了恋爱最初的阶段之后，好像就变成了一个消极的情人。从她的和歌来看，最初的幸福甜蜜倏忽而逝，随即就是痛切的焦躁、悲伤、不安、在浅睡中经常做的梦，然后是愤怒和断念——所有这些，都在她的和歌中依次出现。

家持虽然早早就对作为情人的笠女郎失去了兴趣，但是却被她寄来的充满悲痛哀诉的、而且是被他抛弃了的女性的恋歌深深地打动了。并且，同样作为诗人，他肯定还抱有赞叹之情。正因如此，随着《万叶集》编纂工作的进行，本来应该在自己手中秘密保管的私密的和歌，却被他作为爱情和歌中最上乘的作品拿了出来，并加以公开。

当然对于这件事情，作者笠女郎是毫不知情的。如果放在今天，家持的行为是明目张胆的著作权侵犯，必须在道德上和法律上受到制裁。但是，在除了佛教寺院里的经文印刷外还不存在其他印刷方法的古代日本，就连家持本人，做梦也不会想到《万叶集》在后世会成为最重要的古典作品，成为即使在现代日本都拥有大量读者的优秀诗歌集。从结果来看，现在的我们因为这个冷酷情人的大胆的"犯罪"行为，得以读到了日本古代震撼人心的爱情绝唱，实乃一大幸事。

比起得到爱情的欢喜，失恋的泪水和痛苦的呻吟更能让人心醉神迷。这种人类普遍的奇妙嗜好，无论是在日本的古代诗歌、中世诗歌，还是在现代诗歌中，都有所体现。

三

现在来介绍几首笠女郎的和歌。虽然在数量上极少，但如果能给大家展示她和歌的一鳞半爪，也是一件幸事。

わが思ひを人に知るれや玉くしげ
　開き明けつと夢にし見ゆる

心事似是被人知
梦见君开梳妆匣

这首和歌的大意如下：

"你是不是向别人吹嘘我和你恋爱了呢？我梦见我珍藏木梳的木匣盖子被你打开了。"

女郎好像是经常做梦。这个梦的内容表现了她在恋爱方面的强烈愿望，即不愿向世间公开二人之间的隐秘关系，只想把它当作二人仅有的永远的秘密。头发对于女性来说极端重要[1]，而木梳是与头发密切关联的物品。梦见收藏木梳的匣子被男方打开，就意味着女方对男方向外人吹嘘他们的恋情感到担心和害怕，以及对他的绝对忠诚开始抱有怀疑。

朝霧の鬱に相見し人ゆゑに

　　命死ぬべく恋ひ渡るかも

相见若只如朝雾

愿以一死苦恋君

"为只在朝雾一般的朦胧中相见之人，我拼死般苦苦思念。"

她和家持的确相逢过。但是，一旦两人天各一方，就宛如朝雾将一切都笼罩起来一般，所有的一切都变得不再真实。可正是这样的相逢，才令她更加苦苦思念对方。和歌前半部

1　在日本古代文学中，女性的头发是女性身体的重要象征，也是性的表现。

和后半部的对照，显示出她不俗的修饰手法。

剑大刀身に取り副ふと夢に見つ
　　何の兆そも君に逢はむため

梦里身佩大宝剑
莫非将与君相逢？

"我梦见身上佩带着威风的宝剑。这是什么兆头呢？这是能够和你相逢的预示吗？"

又是写梦的和歌。女子自己表露，梦见了宝剑挂在自己身上。即使不借用弗洛伊德的梦的解析方法，我们也可以认定，这应该是一个和性的欲求不满有关的梦吧。

皆人を寝よとの鐘は打つなれど
　　君をし思へば寝ねかてぬかも

夜半钟声到深闺
思君念君难入梦

"向都城的人们宣告就寝时刻的钟声响彻了全城，但是思念着你的我，却怎么也无法入睡。"

这儿所说的"都城",是有名的古都奈良。在当时的都城奈良,是以敲钟来告知人们时刻的。在这首和歌里,讲的是通知人们夜深就寝的夜里十点的钟声。当时,灯油是极其匮乏的贵重物品。所以,女郎应该是紧紧地盯着深夜的黑暗,想念着那位无情郎吧。

相思はぬ人を思ふは大寺の
　　餓鬼の後に額つくごとし

念无情者何所似?
叩拜大寺饿鬼后

"根本不是相亲相爱,可只有自己还一厢情愿地想着他——这简直就像虔诚地跪拜被东大寺大佛踩在脚下的可怜的饿鬼啊。并且,还是从饿鬼的屁股后面拜。"

这里所说的"饿鬼",指的是佛教中死后坠到饿鬼道[1]里的死者们的雕像。这些死者,受到生前贪心和吝啬的果报,瘦得皮包骨头,不停地被饥饿折磨,异常痛苦。在佛教雕刻中,它们都被塑造成被佛脚踩在脚下的姿势。礼拜这样的东西,是毫无意义的。而且,还要从屁股后面拜饿鬼,更是头

1　佛教所谓的"六道"(天道、人道、阿修罗道、畜生道、饿鬼道、地狱道)之一。

痛医脚。笠女郎献给家持的爱情不断遭到冷遇和无视，她终于忍耐不住地爆发了，宣告和他断绝关系。

但是，当我们只看这首和歌本身，就会感受到其无意识中所营造出来的滑稽效果。因为把恋爱对象看成饿鬼，所以字里行间充满着强烈的揶揄之情。虽然是被男人抛弃了，但是在诗歌里堂堂地鄙视男人，把他打入饿鬼地狱。家持是带着怎样的表情来读这首和歌的呢？他恐怕不会生气，而是会笑的吧。同时，一想到终于从这位才气横溢的女性手里解放出来了，也许会安安心心地长舒一口气吧。

当家持决心要把自己周围的出色作品都收集起来，为《万叶集》的编纂工作进行最后的整理和加工时，他想起了从这位惊世才女那里得到的许多和歌，无一不是她那深情的爱和离别的证言，所以才背着她偷偷地把这些作品分别放进了《万叶集》的许多角落。她大概完全不知情，而是将深深的悲伤埋在内心，郁郁而终了。而经过了十个世纪之后的现在，她作为《万叶集》代表性的恋爱歌人，其作品深受读者的喜爱。

四

笠女郎逝后二百五十年，纪贯之逝后一百年左右，平安朝文化的鼎盛时期——一条天皇的时代到来了。在这个时代，即十一世纪初叶，生活着一位在日本诗歌史上闪耀着璀璨才能的女性诗人。她就是和泉式部。

从十世纪末到十一世纪前半期，原本就是日本文学史上一流女性文学家辈出的黄金时代。可以说是首开现代私小说滥觞的《蜻蛉日记》的作者右大将道纲母，作为长篇小说作者而世界闻名的《源氏物语》的作者紫式部，《枕草子》的作者、随笔文学的伟大先驱者清少纳言，《荣华物语》的作者、开创历史小说先河的赤染卫门（推定），还有在爱情诗歌领域无出其右的诗人和泉式部，都生活在这一时期。

其中，除了《蜻蛉日记》的作者之外，其他几位都是一条天皇的后宫的女官。她们与众多男性有着社交上和感情上的接触，都是难分轩轾的才女。她们有一个共同点，那就是她们都出身于中流贵族家。也就是说，她们都有着因为藤原氏一门的政权垄断而失去了政治前途，只能在学问、文学和艺术的世界里争取出人头地机会的父亲和祖辈。她们从幼年期就受到了来自这样的父亲的悉心教育，从而获得了当时女性中极其少见的渊博学识和高级教养。说起来，以藤原家为中心的门阀政治的一个出乎意料的副产品，就是平安朝女性文学的兴盛。

但是，在这之外，还有一个重要的条件。在四百年风平浪静的平安朝，为何单单一条天皇的时代会出现如此女性文学繁花似锦的盛况呢？这其中的主要原因，也就是这个不可缺少的条件。

这个条件来自一条天皇的后宫。在一条天皇时代，日本的后宫制度增加了新的要素，那就是被称作"一帝二后"的制度。一条天皇最初将藤原道隆的女儿定子立为皇后，不久又把道隆弟弟道长的女儿彰子也立为皇后。同为皇后的这两位表姐妹，都是才貌双全的女性。她们身边，都聚集了当时代表性的才媛们，各自形成了豪华的后宫沙龙。

定子后宫的中心人物是才气焕发的清少纳言。她在定子去世后回忆美丽而短暂的后宫时光，写下了著名的随笔集《枕草子》。在这部作品里，定子皇后后宫的日常生活事无巨细地得到了生动的重现，是一部充满情趣的平安朝后宫生活记录。

另一方面，在彰子的后宫里，活跃着紫式部、赤染卫门和和泉式部等人。这些各自有着超群文学才能的女性，都作为女官，花团锦簇般地侍奉在主人彰子的周围，真可谓是"百花渐欲迷人眼"的繁荣景象。

当然，她们彼此之间既是朋友，也是强有力的竞争对手。但是，若说起竞争关系，无须赘言，最强的就是定子后宫和彰子后宫了。男性贵族时常造访后宫，所以后宫里的事情马上就会通过他们的口传播开来。从这个意义上来说，后宫的女性文学作者们所取得的文学成就，从结果上来看，不仅能够左右人们对于她们所侍奉的女主人的评判，还会给她们的父亲在社会上、政治上的名声带来影响。因此，她们表面上看起来是在尽情地享受后宫的风雅生活，实际上却彼此进行着激烈的竞争。为了写出优秀的文学作品，她们在写作上投入了极大的热情，甚至还抱有一种使命感。这种情况，只需看看紫式部留下的日记中对其他女性的作品所做的尖锐批评，就会一清二楚。这样的环境，也就成为催生这一批流光溢彩的女性文学作品的原动力。

定子皇后虽然深得一条天皇的宠爱，但可惜的是，她年纪轻轻就去世了。她的后宫由此解散，清少纳言的生活从此一落千丈。一般认为，《枕草子》就是清少纳言为了再现定子后宫昔日繁华，从宫中退出不久就开始执笔的。而彰子的父亲道长代替了定子的父亲道隆，登上了政治权力的顶点，也是得益于定子的早逝。彰子所生的皇子们，不久就相继成为两任天皇。道长从此紧紧将大权握在了手中。

五

正是处于这样一个时代环境中，和泉式部才会因为她的恋爱生活而成为风靡一时的著名女性。

关于她的逸事有很多，我们来讲一件最有名的吧。有一个贵族，从她那里得到了一把扇子。正当他向众人炫耀时，被路过的最高权力者藤原道长一把夺走，在扇子上面随手写下了"多情女的扇子"。这个故事表明了她是一个恋爱经历极其丰富的女子。

我已经多次讲过，在平安时代，因为恋爱的男女不同居，男女在生活环境上的相对独立性较强，所以也可以说是自由恋爱过剩的时代。就是在这样的时代，她还被最高实权者送上了"多情女"（美丽善变的女人）的绰号，说明了她的恋爱是多么引人注目。

道长和侍奉自己女儿的著名歌人和泉式部当然是老相识了。他也曾高度评价她的才能。"多情女"这个用词，不是出于恶意，而是表达了他那带有亲密意味的揶揄之情吧。

这个故事，是道长用符合他最高权力者身份的直率的方式，表达了男人们作为异性对于这位散发着不可思议的魅力、俘获男人心灵的美丽歌人的强烈兴趣。

和泉式部和很多男性有过恋爱关系，这件事通过她留下的和歌就可以知道。当然，她也正式结过婚，之后成为著名歌人的女儿就是那次婚姻的结晶。但是由于和其他男性的亲密交往，她那并非不爱她的丈夫愤然和她离了婚。因为她那时的出轨对象是前一代天皇（冷泉天皇）的皇子为尊亲王，这就不能不引起人们的关注了。

下面就介绍一下她的恋爱和歌。

あらざらむこの世のほかの思ひ出に
　いまひとたびのあふこともがな

为留此世长回忆
　只求与君再相见

　这首和歌附有说明写作背景的歌题，内容是"感到自己将不久于人世，送给爱人的歌"。大意如下：

　"只想和你再见最后一面，这样等我死后到了那个世界，就能把它当作忆起人世间往事的唯一线索了。"

　就是说，这首和歌写的是想象着已经死后的自己，为了能使自己拥有快乐的回忆，而向恋爱对象的男子恳求能够前来见她最后一面的情景。当时由于佛教思想的影响，人们都会想象自己死后的世界，这已经成为一种普遍的习惯。和泉式部却将这种普遍的佛教思想完完全全地颠覆了。为什么这么说呢，因为从本来的佛教的立场来说，对爱欲的执着是理所应当必须早早抛弃的，可是她却热切地希望把这种情感带到死后的世界里去。

もの思へば沢の蛍もわが身より
　あくがれ出づる魂かとぞ見る

75

凝神沉思水边萤

彷徨魂魄四处游

　　这首和歌也是有故事的。据说她有一次被一个男子抛弃，为了治疗心中伤痛，也为了祈祷男子能回心转意，她独自一人隐居在京都北边深山中的贵船神社里向神祈祷，于是便作了这首和歌。大意如下：

　　"正在一个人痴痴地出神，突然，水边的萤火虫发出微弱的忽明忽暗的光，从我眼前的河面上飞过。那不就是因为太过向往所以不知身在何处，从我身体里游离出来、到处彷徨的我的魂魄吗？"

　　看到这样的和歌，我们自然可以想到和泉式部因为太沉溺于爱情，以至于产生了一种幻觉。

しら露も夢もこの世もまぼろしも

　たとへていへば久しかりけり

白露、梦境、今世及幻影

皆是长久永存事

　　这首和歌也有着说明性的歌题。这首歌是赠给曾与她有过梦一般短暂爱情的爱人的。虽然这是一位与她只有过一次短暂相逢的男子，但是从和歌的内容想象一下，就可以知道和泉式部对他的感情非常强烈。她在向他倾诉，那短暂的相逢无论如何也不能满足自己的思念。和歌的大意如下：

"白露、梦境、现世、幻影，所有这些都是虚幻无常的代表意象。可就是这些东西，打个比喻说也都是长久永存的了——如果和我们那转瞬即逝的相逢相比的话。"

"打个比喻说"等逻辑性的表达，原本是基本不可能在以短小精美为理想的和歌中出现的。和泉式部却大胆地运用了这种词语，来追求对于自己爱情更加强烈的表达方式。从某种意义上来说，在那个从容优雅的爱情和歌才是社交生活中极其重要的润滑油的时代，和泉式部却是以一种轰轰烈烈、无怨无悔的认真和执着，全心投入地爱着。她成为"多情女"，也是因为她正是为了追求理想中的爱情而游离出肉体的灵魂本身。

就以刚才所举的"白露、梦境、现世、幻影"的和歌为例来说，被她呈上如此情真意切的倾诉的男子，究竟给她回赠了一首什么样的和歌呢？因为即便从礼仪上来说，回赠和歌也是必要的。不过，我们可以想象，男子一定是被她执着的热情吓倒，只能随便应付一首和歌就落荒而逃了吧。

实际上，和泉式部的和歌，比起在她生活的平安时代，反而是在其死后的时代逐渐名声鹊起了。与这种倾向相一致的是，她被含有较强国家要素的敕撰和歌集收录的作品，完全不敌直接表现她喜怒哀乐的个人歌集《和泉式部集》。后者在后世得到了极高的评价，拥有世人广泛的喜爱和尊重。

与此相关联，我们不得不提及和泉式部一生中最有影响的恋爱事件。那就是和前面提过的为尊亲王的弟弟敦道亲王之间的爱情。就是说，她先后成为天皇的两位皇子的情人。

仅仅和为尊亲王交往这一个事件，就是一个极大的丑闻了。为此，她的丈夫橘道贞和她离了婚，她的父亲、儒学者大江雅致也宣布和她断绝关系。可是，为尊亲王两年后就染上流行病而死。她悲伤不已，沉浸在痛苦之中不能自拔。这时，出现在她面前的是为尊亲王的弟弟敦道亲王。他先是小心翼翼地安慰她，继而笨拙地向她表达了爱意。

据推定，和泉式部比他的哥哥为尊亲王大约年长五岁左右。因此，敦道亲王成为她情人的时候，他大约二十三岁，而她已是三十岁左右了。和泉式部和最初当小孩打发的敦道亲王，不久就陷入了热恋。敦道亲王甚至无法忍受这位在男人中左右逢源的著名女性独居别处，遂不顾世人的眼光，将她拉进自己的府邸和她同居。亲王的原配夫人当然不堪忍受这样的屈辱，于是愤然离开了府邸。

当然，两人的恋情成了震撼都城的爆炸性丑闻。就像是要和这丑闻对抗似的，亲王甚至刻意采取了将和她之间的恋爱大肆宣扬的行动。她最初好像时常有痛苦之感，但是不久就断然超越了心中的纠葛，自己也深深地爱上了这位年轻的皇子。

但是，这是怎样的不幸啊，就是这位眉清目秀的诚实男子敦道亲王，也在他们相恋四年多之后忽染重病而死。我们可以很容易地想象得到她的悲叹。她为亲王的死作了一百二十四首挽歌。这些挽歌，就是在数量庞大的她的和歌之中，也形成了一个高峰。这也可以算是日本诗歌史中的一个顶点。

黒髪の乱れも知らず打伏せば
　　先づ掻き遣りし人ぞ恋しき

不知枕上黑发散
最念轻抚乱发人

平安朝贵族社会的女性的头发，其长度之长是今天的女性无法与之相比的。那一头黑发，平时就寝时都是整整齐齐地理好，静静地堆在枕头的上面。在这首和歌里，那么重要的长发却散乱在被褥上，所以理所当然可以想象这是二人激情过后的情景。和泉式部在歌里吟唱道，深深思念在缠绵之后马上就爱抚自己长发的那个人。正因为是与肉体相关的活生生的记忆，所以对于死者的哀悼之情也就无比深切。

君恋ふる心は千々に砕くれど
　一つも失せぬものにぞありける

恋君之心碎千片
片片里有恋君心

　从这儿也可以看到和泉式部和歌的特色——富于逻辑性。逝者已去，这颗爱你的心，已经碎成了千万片。可是，每一个碎片中，都包含着我爱你想你的心。所以，对你的爱恋，其实一点都没有失去啊。

捨て果てむと思ふさへこそ悲しけれ
　君に馴れにしわが身と思へば

舍身向佛心伤悲
只缘此身为君生

　"已经没有再活下去的意义了。可是每当决心要遁入佛门，削发为尼，就会更加悲伤。这是因为，我就要抛弃的这个肉体，正是亲爱的你曾那么爱着的宝贵的身体啊。"

　这样的和歌，是同时代无论多么才华横溢的女性诗人，也绝不会写出来的类型。这是充满了自我执着和自我省察的和歌。

就这样，和泉式部的和歌，几乎到达了哲学的领域。

はかなしとまさしく見つる夢の夜を
　驚かで寝る我は人かは

已悟无常世
却无惊惧心
夜深即熟睡
吾是人非人？

这首和歌，可以说是刚才讲过的带有哲学意味的作品之一。

"这个世界是虚幻的，我已经亲眼看到了。可是，就是在这样无常的世间，我居然会毫不惊惧，夜里还能熟睡。这样的我还能算是人吗？"

这首和歌的结尾的"我还能算是人吗"这个疑问，实在是痛切之至。在和泉式部内心，有另外一个活在本质世界中的她自身，凝视着在现象世界里生存呼吸的她自身，然后就问道："那个到了夜晚就会平静入睡的女人究竟还是不是人？"

在十一世纪初就能够创作出如此具有思想性的爱情诗，

这样的女性诗人在全世界诗歌史上到底有过几人呢？思考这个问题，真是件兴味盎然的事情。

六

我在这一章的最后，想简单地讲一讲在十三世纪的第一年就以四十九岁的年纪去世的女性诗人。这是一位无论从出身阶级还是个人经历，抑或是作品的风格，都与迄今为止我们所讲述的笠女郎及和泉式部等迥然不同的诗人——式子内亲王。

她是在平安时代的最末期出现的独特诗人，擅长以极其纤细的感性刻画孤独的内心风景。笔触如锐利的刀锋，刻痕清晰鲜明。

式子内亲王是后白河天皇的皇女。她有同父异母的哥哥二条天皇、弟弟高仓天皇，同胞哥哥里有出色的僧侣歌人守觉法亲王，以及在与平家的战斗中阵亡的以仁王，还有三个姐妹。在她母亲的家族中有着很多被敕撰和歌集收录作品的著名歌人，而她的才能就是在其中也是出类拔萃的。

在她生活的时代，出现了一部与《古今和歌集》相媲美的、在日本和歌史上占有显著地位的优秀和歌集——《新古今和歌集》。在这部和歌集里，收录了她四十九首作品，在女性当中是无可争议的第一。第二位只不过有二十九首，当然这也很多了。从歌集全体来看，第一位是备受编者青睐的、入选九十四首和歌的大诗人西行[1]，其后三位也均为重要的男性诗人。但即便如此，她也是紧随他们之后的第五位，由此可以看出她的作品受重视的程度。

曾经在平安时代的政界和文化界一手遮天的藤原家的全盛时代，已经一去不复返了。由地方豪族兴起的新兴阶级——武士阶级争相控制天下，于是战乱频仍、腥风血雨的时代到来了。天皇家族也不能无视世间的潮流而超然度外。

式子的父亲后白河天皇对于歌谣抱有异常的兴趣，他最伟大的功绩就是编纂了《梁尘秘抄》。这是一部平安时代广为流传的佛教、神道歌谣及生动描写黎民百姓生活的民间风俗歌谣的集大成之作。另一方面，他也是一位以新兴的蛮勇武家势力及自古以来的权门藤原家的头领们为对手，极尽玩弄权术之能事的老谋深算的天皇。

而式子内亲王作为一个皇女，只能在沉默中看着伯父崇德天皇、哥哥以仁王和年幼的外甥安德天皇等一个接一个地成为政变和战乱的牺牲品，死于非命。仅仅如此，就足以使一个孤独的、耽于冥想的女性诗人得以诞生了。但是她还不得不从少女时代开始就以处女的身份，在天皇家的守护神贺

1　日本平安时代末期、镰仓时代初期的歌僧。

茂神社中，连续十年以上担任了"斋院"这样一个神圣的职务。

所谓"斋院"，是指作为天皇的替身而侍奉神灵的女性。只要身在其位，就必须和俗世间的一切断绝关系，过着一种清净无欲的生活。就这样，式子内亲王从青春时代到成年女子，从来没有经历过一个普通女性的生活。当然，在那漫长的岁月里，也不可能有恋爱的机会。

正因如此，她作品中最有名的是一首表现忍受痛苦暗恋的强烈意志的恋歌，这真是极具戏剧性的事情。

这首和歌其实是虚构的。当时经常举行有许多歌人参加的歌宴，在宴会上歌人们都会按照自己被分到的题目竞相咏歌。这就是她根据"忍恋"这一歌题所作的。

所谓"忍恋"，就是绝不能被别人知道的爱情。而最重要的一点，就是对爱着的人，也必须一直隐瞒自己的感情。一般来说，人们都是希望最先让对方知道自己的爱恋吧。但是在"忍恋"之中，抱有爱情的男子或者女子，即使熊熊的爱情之火灼热难忍，也必须将一切都严严实实地藏在自己心中。因为只有这么做，对对方无限的、纯粹的憧憬才能得以一直完美无缺地保留下来。

爱情本应奔涌而出。但是，还必须拼命压抑。在这种无奈的矛盾之中，有着爱情最强烈、最美丽、最痛苦的本质——这就是"忍恋"的理论。

下面，就来看看这首和歌。

> 玉の緒よ絶えなば絶えねながらへば
> 忍ぶることの弱りもぞする

> 命欲绝时直须绝
> 莫等不堪忍恋时

"玉の緒"，原意是指串宝石的丝线或是细绳，后引申为穿起"命"的线，甚至"命"本身。和歌的大意如下："我的生命（之线）哟，要是突然崩断的话就崩断吧。因为如果这样一直活下去的话，我那曾苦苦隐瞒着的爱情，最终就会忍受不住而显露出来，被人们所知晓了。"

关于式子内亲王的传说之一，就是她和比她小大约十岁的、当时最有名的歌人藤原定家之间，曾经有过秘密的热恋关系。这个传说未必全是虚言。式子曾拜定家的父亲、大歌人藤原俊成为师，请他指导她的和歌。俊成著名的歌论书《古来风体抄》就是应她的要求所写的。出于这种关系，定家也会时常在父亲的相陪下，或是单独伺候在内亲王的身边，和她亲密地交谈。

虽然没有明确的证据证明二人真的是一对恋人，但是定家的和歌创作力在式子死后一落千丈，也许说明了他对内亲王有过强烈的爱慕之情。至少因为存在着刺激人们这种空想的要素，所以在后世的能乐剧中，出现了许多以二人间激情的恋爱传说为主题的戏剧作品。

咏出"命欲绝时直须绝"这种热烈的"忍恋"之歌的作者，与这些传说绝对是非常相配的。

我们再从内亲王的和歌中引用一首，来作为这一章的结束吧。

　　見しことも見ぬ行末も仮初の
　　　枕に浮ぶまぼろしの内

　　过去未来皆虚设
　　同在枕边幻影内

这是一首非常寂寞的和歌。但是，同时又是一首深深打动人心的和歌。和歌的大意如下："我曾经历的过去之事，和未知的将来之事，都是飘浮在虚幻枕边的幻影啊。"

在这首和歌里，孤独的灵魂一味地躲进自己的内心世界。可是，那只是意味着一个行将没落的高贵阶级的女性，注定要陷进去的孤独境地吗？

这也许是我唐突的联想吧，如果把这首"过去和未来"的和歌，看成在现代充斥着大量杀戮、战争和饥饿、传染病蔓延的不幸之地幸存下来的男性或女性的抒怀之歌，那它就会是一首使人心灵战栗不止的现代抒情诗吧。

这或许可以说明，式子内亲王的和歌已经超越了单纯的时代和阶级的界限，而将触角伸向了人类普遍现象的世界里。

以上三位女性歌人的作品向我们证明了这一点：和歌这种形式虽然极其短小，但即使在它那宛如叹息的形式里面，我们也可以感受到人类深切的真实。

关于式子内亲王的和歌，下一章我们还会再做讲述。

第四章

写景的和歌

为何日本的诗歌在主观表现上如此含蓄？

一

　　我虽然在上一章举过式子内亲王的和歌，但不过只有两例而已。在这一章里，我要以式子内亲王的和歌作为出发点，来探讨一下日本诗歌中最富有特色的一类——写景和歌的问题。首先我们来看一看她的和歌。

　　　跡もなき庭の浅茅にむすぼほれ
　　　　露のそこなる松むしのこゑ

　　　野园无人茅蓬生
　　　露底松虫低低吟

　　从表面上来看，这是一首吟咏在深秋荒凉寂寞的庭园角

90

落，潜在露珠底下的松虫低鸣浅唱的和歌。这首和歌的大意是这样的："没有人迹的庭园里，低矮丛生的茅草之上结着成串的露珠，从那露珠底下传来了低低的松虫鸣声。"

然而，这首歌当然不是只讲这一件事情。"没有人迹"，是指断绝了足迹，即意味着男人不再来访的女人是这首和歌的主人公。这首和歌在表面的意味之下，隐藏着被男人遗忘了的女人的叹息。"松虫（松むし）"，是指在日本秋天的庭园里不断发出优雅鸣声的昆虫，而日语的"松（matsu）"这个发音，在表示"松树"的"松"和"松虫"的"松"的同时，还有动词的"等待（matsu）"之意。

因此，这首和歌中的"松虫"一语，也因为同音之缘有了"等待着的虫"之意。苦苦等待男人来访的女人的形象，自然就被寄托在其中了。另外，"结（むすぼほれ）"这个动词，一是表示露珠凝结之意，同时还意味着内心郁结的状态。还有，"露"这个词语被看作"泪"的暗示，也是日本诗歌修辞上的常见手法。

就是说，这首和歌虽然表面上吟咏在秋日寂寥的杂草丛中，不顾被露水打湿了身子而优雅低吟的松虫，但同时也描写了一位被男人抛弃、像松虫的声音一样美丽高雅的女子，到现在还痴心等待着他的到来，整日悄悄地以泪洗面的样子。

再稍微深入地说明一下，和歌虽然是仅有"五七五七七"三十一个音节的短小诗型，但日本人为了让它尽可能地产生丰富的效果，发明了把一个词语的意义进行二重，有时甚至是三重层叠的技法。这时，因为以子音和母音的单纯组合为基本的日语的音韵构造，具有能够大量地产生同音异义语的特性，所以反而非常契合和歌的这个目的。"悬词（双关语）"和"缘语（相关语）"等和歌的独特技法就这样产生了。式子内亲王和歌中的"结""露""松虫"等都是如此。

不管怎样，这种表面上虽是单纯的风景描写，实际上却是从内面表现一个女人或男人的内心深处真实情感的和歌，是古典和歌中俯仰皆是的常见形式。说起来，这种看似漫不经心的描写风景的诗法，就是只将秘密吐露给能懂的人；而把风景只当风景来看的人，也能够从中获得相应的美的享受而满足。

当然，为了达到这样的效果，就会产生很多规则。烦琐的形式主义因此而膨胀，比起朴素的感动，显摆知识、炫耀博学的匠人趣味就会更加受到重视。到了近代，这种诗歌的技法和诗歌自身的矛盾已经无法调和，结果就是，太过显眼的"双关语"的技法从此被舍弃了。

但是，在式子内亲王的时代，这些技法还是十分流行的。她就是运用了这些技法，在一个虚构的世界里描写了恋爱中的女子，将秋虫的鸣声和被抛弃的女子的悲泪同时糅合在了一首和歌里。这种场合下，她自身根本无须是那个住在废屋之中的女子，只是根据分得的题目，凭想象描绘出这样一个女子所处的环境，然后把适合那女子的风景和她内心的伤悲，一起深深刻地进一首短歌里即可。并且，作为读者的我们也会被允许想象，在那位惨遭抛弃的女子心中，也许就有着高贵而孤独的式子内亲王自己的影子。

也就是说，在日本古典和歌中，"被咏唱的人物和作者自身应当是同一个人"这种近代化的现实主义，除了直接叙述自己的生活、吐露自己人生观等极其少数的场合之外，几乎是不存在的。所谓歌人，就是能在想象的世界里自由自在地变成别人的人。而且，只有在运用这种能力，于作品深处生动地表现出作者自身独有的个性化思想和感情的时候，那作为作者的男性或女性歌人，才会被看成一位拥有广泛和灵活才能的一流诗人。

式子内亲王就是这样的诗人之一。她有着充分的资格说："这位被抛弃的悲惨女子，她就是我。"

"题咏"，即根据提前拿到的题目来吟咏和歌的创作方法，是和歌从汉诗那里继承来的诗法之一，在很长的时间里得以实践。即使是现在，如果是拥有相同爱好的人士，也会在短歌（与和歌的形式相同，和歌的现代名称）或俳句（在俳句中特别被频繁应用）的聚会上使用这种创作方法。这种创作方法的最大特征，就在于作者凭借想象力用语言构筑出一个诗化的现实。从诗歌技巧的锻炼这个方面来说，它是一种非常有效的方法，但是正如我刚才所讲的那样，随着十九世纪末近代现实主义的胜利，这个方法已经逐渐被人们淡忘。但是，在近代诗歌发展了一个世纪的现在，现实主义的方法很明显已经走进了死胡同。在某种意义上，我们必须重新发掘可以更加自由地运用想象力创作短歌和俳句的方法——这就是诗歌的现状。

二

式子内亲王的和歌，表面上描写的是萧瑟的秋天庭园里的虫鸣，实际上与这种风景相重叠，同时呼出了被男子忘却了的女子沉浸在悲叹中的面影。在此，我想就这种风景和心情的二重性，进行一些比较深入的探讨。

对某个风景的描写，原封不动地就会成为某个内心世界的描述——具有这种性质的作品，实质上，构成了日本的风景诗或自然诗这一重要分类的根本性格。

正如大家都了解的那样，俳句是日本诗歌中最广为人知的诗型。它就是刚才所说的"自然诗"的代表。俳句最重要的存在理由，就在于它在五七五这十七个音节当中，必定要使用至少一个"季语（时节语）"。季语在古代也被称作"季题"，直到现在，这个词语也还在使用。此二者均为"表示四季的词语""表示四季的题目"等意。

将一首俳句作品和四季系在一起的结扣，就是季题，也是季语。例如单说一个"风"字，不是季题或季语。但是，如果把它加以限定，变成"春風（春风）""風薫る（熏风）""秋の風（秋风）"和"北風（北风）"的话，那就分别成了春、夏、秋、冬的季题。在这里，能感受到风是"熏风"的时节，并不仅限于初夏，在春天和秋天，风也可以"熏香"。但是把"熏风"确定为夏天的季语，就是因为在日本人的感觉里面，四季吹拂的风中最宜人的"熏风"，是出现在初夏时节。这是由日本列岛的气象条件决定的。同样的，将"北风"作为冬天的季语，也是因为只有冬天的北风，才最能代表"从北方吹来的寒风"的性质。换言之，这些都是在文化层次上约定俗成的东西。

关于"秋风"这一季语，我想举一个作品来进行说明。

石山の石より白し秋の風

飒飒秋风萧瑟起

堪比石山石更白

这是松尾芭蕉著名的游记《奥州小道》中的俳句，是他感动于乡下古寺内延绵不断的石山那无边的白色而作的。这首俳句的内容有些特别。它并没有赞美寺内实际存在着的建筑物和树木，而是仅仅诉说着寂寥地吹过石头庭院的秋风之"白"。

这首俳句的大意就是："现在自己面对着的石山，一片白茫茫，空无一物。而萧瑟吹过的秋风，比起没有颜色的石山更白。"芭蕉把"秋风"说成是比无色的白石更无色的东西，并且仅此一句就写成了一首诗。芭蕉就这样于言外讲出，他所喜爱的风景就是无限接近于"无"之世界的东西。此处对于外界风景的描写，也就成为诗人内在精神的象征。也就是说，刚才讲过的式子内亲王歌中的原理，也同样贯穿了这首作品。

并且，在这首作品的背景中，存在着源自中国传统色彩观的一种观念，使这首仅有十七个音节的短诗的内部构造变得丰富而深厚。即，根据自古以来就对日本有着巨大影响力的中国哲学的世界观，春、夏、秋、冬在方位上分别对应着东、南、西、北，在色彩上则分别对应着青、赤、白、黑。根据这个理论，秋天就是白色的。芭蕉的这首俳句，大概也是以这种观念组合为背景的。

总而言之，无论是和歌也好，俳句也好，日本的抒情诗常常把外界的描写和内在的感受一体化。当然，并不是所有的和歌和俳句都会这样，但至少这个倾向非常显著，也是不争的事实。

三

可是实际上，这绝不是什么不可思议的事情。有一点无论怎样强调都不过分，那就是，日本古典诗歌的形式，是以极其短小为特征的。即使是长一些的和歌，也不过三十一个音节，而俳句，只有十七个音节。以这种短小的诗型，如果作品自始至终都只是在写实地描写外界景色，那它就会在根本还来不及形成诗之实质的时候就必须结束，甚至无法与散文的一节相比。而且在日语里面，西欧的诗歌和汉诗里不可或缺的修辞法——"押韵"，从前面我们讲过的母音、子音的单调交替的语言构造来看，它是不可能作为一种恒常的、具有普遍价值的修辞法而成立的。在日语里，使诗成为诗的修辞上的条件，不是押韵，而是音节数和韵律，即根据一定的音节数而形成韵律的单纯的修辞法。

更进一步来说，就是从诗型的短小来看，以能够目睹耳闻的形式来押韵——这种可以明确识别的修辞法，也不太可能存在。

这样，日本和歌和俳句的独特修辞法就必然地产生了。那就是，将眼睛看见的外界事物，作为混沌的内部世界的比喻或者象征，在一种主客观不分的状态下进行表现。如果能够出色地运用这种方法，哪怕是像和歌或俳句那样、从外观上来看极其短小的诗型，也应该能够产生出与它们短小的形式相比，在给予读者的情绪上具有多义性的、深奥的语言结构体。实际上，如果回顾一下古代以来的和歌的历史，我们就会明白，诗人们是怎样通过一代一代各种各样的努力，把这种单纯韵律结构的短诗型，打造成如此富有复杂味觉的艺术品的。

刚才讲过的"双关语"的技法，也正是那些努力中的一种。

因此，"美"这种东西，必定不会仅仅通过清晰表现外观上的色彩和形状的美丑来决定，而更应该通过无法简单地测量得到的深度、高度和渗透度等这样的尺度来衡量。

四

关于这件事，我想在此就贯穿日本诗歌和艺术全体的"美的原理"问题，讲讲我的想法。

眼睛看得见的形态的美丑，属于在某种程度上可以进行客观判断的领域。但是，若说起美的深度和高度，或者渗入到人心的程度，却不存在客观判定的尺度。为了测定这些，人们除了各自以自己心灵的深度和高度来测量之外，别无他法。因为，方便、现成的判定美丑的尺子并不存在。

我是这样认为的：对象的美，并不是作为一成不变的东西一直明确地在那里存在着的，而是随着我们的心的深、浅、高、低，相应地变得深、浅、高、低——这才是日本传统的思想。

　　这个理论，不仅适用于日本诗歌，还能原封不动地用在日本的绘画、音乐、戏剧等其他艺术领域中。并且，所有美学的中心，都是和歌的美学。

　　在创造、享受和鉴赏美的方面有着这种特质的日本艺术，其中最敏感的感觉也多少会和西欧有些差距。即，在日本比起视觉、听觉等非常容易测量、能够明确分节的感觉，在人体更加幽深黑暗的内部蠢动着的触觉、味觉和嗅觉等感觉的确是一直受到了更多的重视。

　　这些感觉器官都有着在黑暗之中愈发敏锐的共性。它们不像视觉或听觉那样能够明确地分节，所以无法精密地辨识它们。还有，个体之间的差别也很大。虽然味觉尤为明显，但触觉、味觉和嗅觉在暗、深和不分明的性质上，都有着相通的共性。它们都是只要排除杂念就能变得无限敏锐的感觉，从外侧却无法正确地进行衡量。可是，无论哪种感觉都有着极其真实的存在感，在某种意义上，它们都是比视觉和听觉更能深深吸引和打动我们的感觉。

　　正如人人都知道的一样，特别在恋爱方面，这是被充分领悟到的事实。

五

在此我想再次强调一下，构成日本和歌主题中最根本、最中心的，首先就是"相闻"，即"男女之间互相吟咏爱情"。

在古典和歌中，爱情一直以来都是最首要和最重要的主题。在前一章我已经就恋爱的主题讲过了。在此，我想把它和我们现在探讨的问题联系起来，提醒大家注意：触觉、味觉和嗅觉最敏锐且最活跃地发挥作用的领域，不是别的，正是爱情。

至少在和歌上，一方面是恋爱，另一方面是这些幽暗深奥的感觉，二者像双生子一样紧紧地联系在一起。

能够表现这一点的作品不胜枚举，在此，我想首先举出下面这首有名的、《古今和歌集》春卷的和歌。

はるの夜梅の花をよめる
春の夜のやみはあやなし梅の花
色こそ見えね香やはかくるる

咏春夜梅花
春宵夜沉沉，白梅花绽放
花色固难辨，暗香安可藏？　　凡河内躬恒

100

这是一首吟咏早春之夜梅花盛开的和歌，其大意是："春夜的黑暗，真是太不合常理了。梅花虽然被黑暗的夜色掩藏了，但是看不见的不就只是花色吗？暗香馥郁，不早就暴露了花的所在了吗？"

就是说，这是一首赞美即使在暗夜里也芬芳满溢的梅香的和歌。它在《古今集》中被编入了春卷，可见这部和歌集的编者们自身也正式承认了它是春季之歌。并且，这首和歌的作者本人，也正是四位编者之一。

但是，我们不能够被这些表面和公开的设定所欺骗。分类只不过是一个参考而已。作品本身所讲述的内容，要比正式的标签丰富得多。也就是说，这是一首被巧妙地伪装了的恋歌。

在这首和歌里，一方面有着香气扑鼻的早春梅花。梅花和樱花都是当时人们最为喜爱的花木。另一方面，还有要遮盖住芳香梅花的东西，那就是春夜的黑暗。这种对立的构图，正构成了这样一种表现对立的隐喻——一方面是被男子深爱着的年轻美丽的女子，另一方面是妨碍他前来接触女子的人，即女子的母亲或乳母。所以，心爱的女子的"色"虽然被碍事者掩盖住了，但是她的"香"不还清楚地显示着她的存在吗？这首和歌的主人公（叙述者）在歌中这样诉说着无法忘怀的思念，并且还赞美着女子。

我们再来从春卷引用一首其他著名歌人的和歌。

春のうたとてよめる

花の色はかすみ[1]にこめて見せずとも

　香をだにぬすめ春の山風

咏春歌

花隐雾中看不见

山风请偷花香来　　良岑宗贞

　　作者后来遁入佛门,改名"遍照"[2]。出家之前他是宫廷社
会里一位充满知性的贵族公子。这首和歌也是如此,特意在
题目上注明是春歌,但实际上应该是恋歌吧。在这里,花指
的是樱花。大意是:"花儿美丽地绽放了。可是春天用雾气把
花儿都盖得严严实实,不让我看见。那么请至少把花香偷偷
地送来吧,春天的山风哟。"这两首和歌都非常强调嗅觉的重
要性,这是非常具有象征意义的。

　　总而言之,大家应该明白了吧,这首和歌与凡河内躬恒
的和歌有着完全相同的构思。我也在前文中讲过,深闺里的
女子和严密守护她们的母亲或乳母的对立,在平安时代的贵

1　"かすみ",日语汉字写作"霞",但其实是指因空气中的细小水滴和尘
埃聚集,造成天空和远处朦胧氤氲的现象,多见于春天。春雾。因此,日语
里的"春霞"与"秋雾"相对应,都是指雾气升腾、视界模糊的现象。
2　又名"遍昭"或"僧正遍照(遍昭)",九世纪时的"和歌六歌仙"之一。

族社会里是极其普遍的。恋爱中的男子，必须要突破她们坚固的防线，夺取心上人的"香"。

因此，恋歌本身就不得不受这种状况的影响。也就是说，恋爱中的男子，因为多数不能公开向对方表露自己的爱情，所以他们必然要将恋歌用季节或其他要素加以伪装，从而暗地里传递心情——这种技法得到了充分的发展。

当时，日本的求爱和婚姻的形式与现代不同，男女即使在交往中或婚后，也都是分别住在各自的住处的。一般的做法是，男方趁着夜黑去女方家幽会，又在拂晓时回到自己家中。刚才讲的和歌技法的发达就与这种生活方式有着密切的关系。无论男子或是女子都会严守秘密，连自己现在有没有固定的配偶，都不会让世人知晓。

出于这个关系，一方面对别人隐瞒自己的恋爱状况，另一方面，对恋人则用一种类似暗号的语言来充分地传达自己的心情，这才是恋人们最佳的处世方法吧。

当然，这只是假设一种极端的情况。但就实际来说，类似的传说有很多。我们可以在像《源氏物语》那样的长篇爱情小说中找出许多类似这种男女关系的例子。

在这样的情况下，恋人们之间彼此传情的最重要的手段，正是和歌的赠答。相闻（恋爱）是和歌的根本，也正是出于这个原因。

然后，恋人们因为受到刚才讲的那些制约，所以就会理所当然地创造出相应的表现方法并加以精炼。也就是说，刻意模糊主语，或是省略主语；不直接叙述事物，而是使用比喻或暗示，徐徐地渗透；甚至巧妙地模糊恋歌的内容，让和歌看上去只是单纯刻画四季风景和自然界的万物之美——这样的和歌被大量地创作了出来。不管采用何种方法，只要能将深情厚意传达给自己思念的人就行了。

何况，就像众所周知的那样，日语最大的特征就是文章本身常常会省略主语。特别是在平安时代，几乎没有将相当于主语的词语（我、你、他等）明确表达出来的情况。比如西欧语言中的"我爱你"这种句型的表达，在日语里只需说"爱"这一个字，人们就可以根据其时其地的情景而清楚地了解其含义。

因此，在日语里，句子正因为被极度压缩，才更容易获取富有多义性和重叠性意义的表现。当然，这也就会使充满暗示的言语表现成为可能。

可是，就是这种性质，又产生了日语的另一个重大特征（有时也会被看成日语的重大缺陷）。

这个重大特征，就是主语消失或极端的稀薄化。我认为这种特征不仅限于日本古典诗歌，更是支配包括日本近代诗歌或散文的、日本人的表达意识全体的一个重要特征。这一点在我看我自己作品的法语译文时特别有体会，几乎可以说是惊人的事实。

六

　　即使在语言的形式里没有明确地显示主语，也基本不会对会话产生影响——日语的这种特征，暗示着日本人语言意识整体中存在着重大问题。因为某种语言的语法特征就是使用那种语言的民族语言意识的反映，所以这个无可否认的事实——日语句子构造中的主语模糊，也就直接表明了日本民族当中主语意识的淡薄。

　　就是在现代的我们，也会经常遇到由此事引起的问题。日本人除了极个别之外，普遍地不善于外交上的讨论，有着本能地希望逃避论战的倾向，我想这也与日语的语言有着很深的关系。明确地发出主语，将自己与他者清晰地区别开来，坚决地贯彻作为发话人的自己的主张——这种做法，在一直以来培养着日本人言语意识的"日语"的摇篮里，并没有成长为一种明确的形式。

　　总之，我们可以这么说：这种语言的特征，在日本的和歌，特别是其中最重要分类的恋歌中，以最浓密、最凝练的形式表现了出来。最能总结一个民族的文化并把它表现出来的，就是这个民族的诗歌。而在日本，爱情的和歌居于首位。就像我已经反复提过的那样，在日本，恋歌可以同时是风景诗或自然诗，这大概是在世界任何地方都很难见到的独特性格吧。

反过来说，在日本，歌唱风景和自然的"叙景歌"，实际上本来是应该更多地作为歌唱恋情的"抒情歌"来发挥作用的。像《万叶集》和《古今集》那样最古老、最经典的和歌集中，这种性格尤为显著。

这种叙景和抒情一体化的特色，早在七世纪和歌兴起以来就大为繁荣，一直到十二世纪末之前的整个平安时代，都保持着旺盛的生命力。

七

将风景作为纯然的风景来捕捉，运用像十九世纪印象派的先驱画家那样的巧妙手法，将动和静、光和影的多彩变化、季节的推移等再现出来的一群自然诗人，出现在十三世纪末到十四世纪前半期。这正是平安时代落下帷幕，武士执掌政权的镰仓时代开始后，大约过了一个世纪的时候。

他们的作品收录在《玉叶和歌集》和《风雅和歌集》这两大敕撰和歌集中。他们中的代表作者京极为兼、伏见天皇及其妃子永福门院等的和歌，充满了对自然的动态描写，使人能够感受到外部光线、外部空气的清新触感。平安时代的写景和歌，基本是作者内心风景的再现，充满了浓密的主观性。

与此相对，镰仓时代的风景描写，则吹进了新时代的劲风。

也就是说，他们的和歌可以使我们清楚地感受到，他们并不主张看到自然景物就要把它放进主观性怀抱里的那种主观主义，而是采取了一种客观主义的态度——在面对时刻变化着的自然界时，自己变成精巧的照相机的镜头本身来拍摄它。

只躲在自己主观性的内部，一味沉醉在甚至分不清主体和客体区别的抒情世界里——这种平安时代漫长的朦胧时期，终于一去不复返了。无论帝王还是贵族，他们都不得不在新时代的激烈动荡中觉醒，重新认识自己的位置。这也许就是重要的内因吧，他们和歌中吟咏的自然，充满了一种极为活泼的动感。

我们来看看伏见天皇的和歌。

宵のまの村雲づたひ影見えて
　　山の端めぐる秋のいなづま

入夜逐云飞光影
山端环绕秋闪电

这首和歌的大意是："入夜后眺望天空，看到秋天的闪电沿着四处飘荡着的朵朵团云，闪着光，在山脊线上跳跃。""影

見えて"的"影"，原来就是指"光"的，这儿也是如此。

闪电并不只停留在一处，而是不断地移动下去。通过这首和歌我们可以看到，被那些闪光的变化和连动深深吸引的作者，已经没有时间去考虑自己的主观表达，而是完全沉浸在了那情景之中。

月や出づる星の光の変るかな
　　涼しき風の夕やみのそら

明月欲出星光淡
悠悠凉风夕暗天

这首还是伏见天皇的和歌，与前一首非常相似。作者被傍晚时星光亮度的微妙变化所吸引，发出了"月亮就要出来了吗"的喃喃自语。在这一句中，他那细腻和敏锐的自然感觉也发挥到了极致。

在此我饶有兴味的是，这首镰仓时代后期的和歌已经完全跳出了平安时代和歌的圈子，没有任何对和歌内容做深层解释的必要了。也就是说，在这儿，诗的语言成为单义，不需要再从其表面意义的背后探求隐藏的含义了。

这是因为，这些和歌都是以把风景纯粹当风景看的态度写成的。换言之，近代以后写实性的叙景诗歌，已经在此做了出场的预告。对于日本人来说，《玉叶和歌集》《风雅和歌集》里的写景和歌，虽然是五百年前的作品，却令人感觉非常亲近，几乎感受不到时代的巨大差异。为什么会这样呢？是因为这些和歌根本没有触及诗人内部的幽暗心情，反而是成为拍摄外界的极其精巧的镜头，一味客观地捕捉风景和自然的缘故。由主观性和客观性相融合而酝酿出的幽深阴暗、有如内脏感觉一般的世界，在此已经难觅踪影。明晰的视觉再次占了上风。

下面，我想举出伏见天皇妃子永福门院的和歌。她与平安末期的式子内亲王一样，是日本诗歌史上占有重要地位的中世大诗人。但是，父亲是藤原氏出身的大政治家，自己又成了天皇妃子的她，也和式子内亲王同样，不得不生活在战火频仍的时代。在丈夫伏见天皇死后不久，朝廷就分裂成了南北两个，互相争斗，所谓的南北朝时代开始了。在个人生活当中，也是因为亲人们相继离世，她经常沉浸在深深的无常感里。

她活了七十二岁，在当时算是长寿了。从年轻时开始，她的和歌就充满了静谧的安详，在她作品的背后，可以感受到一种透明的、来自天上的空灵。

山もとの鳥のこゑより明けそめて
花もむらむら色ぞ見えゆく

山脚鸡鸣曙色渐

山花斑斑入眼帘

　　"山脚下的鸡和其他鸟儿一开始鸣叫，天就渐渐地亮了。山樱花也浓淡有致地次第映入眼帘。""むらむら（浓淡深浅）"就是指有的地方浓，有的地方淡，色彩不均匀的样子。

　　这首和歌也与伏见天皇的和歌相同，诗人把自己还原成向自然界开放的视线本身，紧紧追随着外界时时刻刻的变化。在这首和歌中，她完全化作了眼睛本身。

　　换言之，在这里，诗人的自我意识无限地接近于无，他们只是极力去成为澄明的视线。恋歌中所见的"主语"的稀薄化，在此也被推向了极致。

　　再来看一首她的和歌。

真萩ちる庭の秋風身にしみて

　　夕日のかげぞかべに消えゆく

胡枝花落秋风袭

夕阳返影入壁中

　　"胡枝子花落英缤纷的庭院里，萧瑟的秋风寒气袭人。夕

110

阳的余光，消失在墙壁里面。"在这里，给人留下深刻印象的，竟是"消失在墙壁里"这个表现。

如果只是作为通常的物理学现象的话，无须赘言，这里不过是指夕阳的余光慢慢地在"墙壁上"变淡、变薄，不久就消逝的自然现象。但是，从这首和歌里的日语表现本身来看，可以认为是写夕阳之光渗进了墙壁的"内侧"。本来，光线是不可能渗透进固体墙壁内侧的，可是在诗里这就变成了可能。而且，这一点应该特别强调，在日本的诗歌中，这种"渗透"的感觉，是人们极其钟爱的一种感觉。

我在刚才讲过，在日本的美学意识中，触觉这种感觉非常重要。"渗透"的感觉，的确可以说是触觉中的触觉了。

下面是《奥州小道》中的一句。只要是对松尾芭蕉多少有些了解的人，一定都知道他的这首俳句吧。

闲かさや岩にしみ入る蝉の声

深山幽静
蝉声渗入岩石中

这也是一个绝妙的例子。本来物理学上不可能发生的渗透行为，因为是在诗的空间里，所以就变成了可能。

被苍郁的树木和奇石覆盖着的夏天的山寺，蝉在不知疲倦地高叫着。那声音高亢、尖锐且执着，变成了一种极其集中的力量，甚至渗进了坚硬的岩石。岩石被蝉声所渗透的视觉构图，这种通常不可能发生的现象，在诗的空间里很容易地就发生了。这首俳句，便显示了这样一种感性的真实。

在此存在的，就是清虚的寂静。芭蕉只是在入神地倾听那一山寂静。他在此化身为倾听本身，化身为自我集中力本身，已经超越了听什么声音这种理性上的识别，只是在内在的空间里随意飘荡。

这种内在空间，是一种心神集中的恍惚的空间（这是个似乎很矛盾的说法），同时也是一个冥想的空间。

的确，在心的世界中，"集中"和"恍惚（忘我）"绝对不是矛盾的，不如说人心里存在着一个让它们两者彼此成为另一方镜子的统一的空间。无论过去还是现在，被称为"诗人"的这一种族所呼吸着的，都是这种心之空间里的空气。

活在芭蕉三百多年前的永福门院，是一位作为天皇的妃子不得不生活在动乱时代的一流女性冥想诗人，在她凝视的眼中，墙壁上的夕阳之光与芭蕉那渗入岩石的蝉声相同，穿入了墙壁。永福门院飘荡着的空间，与芭蕉一样，是一种心神集中的恍惚的空间，一个冥想的空间。

八

话说回来，我把这次讲座的题目，叫作"写景的和歌——为何日本的诗歌在主观表现上如此含蓄？"。

为什么取了这样一个题目呢？这是因为，自古以来在西欧的诗学中，"诗"被分为了以下三大种类——叙事诗、抒情诗和戏剧诗。

日本也原样沿袭了这种分类。在学校学习文学史的学生们，也被灌输了诗歌有叙事诗、抒情诗和戏剧诗之别的分类方式，而并不作深究。

然而，在日本，还大量存在着不能归入这三种分类的诗歌。那就是，描写风景本身的"叙景诗"。我们也可以使用比"叙景诗"更高层次的概念，把它们称作"自然诗"。

我想在这里明确指出："叙景诗"或"自然诗"，从古至今都在日本所有形式的诗中占据着中心位置。

并且我还想说，令人吃惊的是，"叙景诗"或"自然诗"的中心主题完全不是具有明确轮廓的客观自然描写。这也是日本的"叙景诗"或"自然诗"最有趣且最难以捉摸的特质。

被伪装成恋歌的写景和歌，是日本古代和歌中的重要遗产。

写景和歌作为通往充满冥想和超越性的心之空间的道路，形成了中世和歌和近世俳谐的高贵传统。

不论哪种情况，作为"客体"的风景和自然的坚固轮廓，被有意识地模糊了。说起捕捉那些景色的感觉，比起视觉和听觉来，内脏感觉般的触觉、味觉和嗅觉也更加受到重视。有意识地将各种感觉混合起来是诗人们喜爱的手法。我们来举一个例子。还是平安时代的歌人凡河内躬恒。他以在春水上漂浮的花朵为主题，创作了下面这首和歌。

やみがくれ岩間を分けて行く水の
　声さへ花の香にぞしみける

暗水流深分岩去
幽静水声渗花香

流水在黑暗中分开岩石，这当然是敏锐的触觉世界。还有，流水的声音甚至渗进了花香——这只能说是听觉和嗅觉再加上幽微的味觉等全部被调动起来的、综合性的感觉世界。十世纪的日本诗人，很早就在实践类似波德莱尔的"通感论"那样的各种感觉的综合运用了。

并且，这并不是单个诗人的特殊行为。

通过这个例子我们可以得知，从很早的时代开始，日本古典诗人们的言语意识就拥有了成熟的唯美主义的倾向。

相反，明确自我和他人的区别，从与他人的不同中找到个性化自我主张的根据，将竞争和斗争看作理所当然的态度，除了藤原定家那样极少数的例外，在日本诗歌史上基本是看不见的。就是定家，也并不是总在与他人争辩。

无须赘言，这种普遍性在漫长的历史过程中，多少会发生一些变化。特别在过去一个多世纪的近代日本，发生各种变化也是在情理之中。不管怎么说，日本的近代是在极力学习将个人主义和自我主张视为当然的西欧模式。

然而，如果我们来看诗的表现，就会知道一千多年前就已经高度发达的日语诗歌表现的总体，还是从本质上支配着身处现代的日本人的言语意识。

我在这章中只是一笔带过的叙景诗和自然诗的悠久传统，至今也仍然是最为活跃地发挥着作用的传统。同时，这也是在表达主观意思上极其含蓄的传统。

第五章

日本的中世歌谣
构成"明亮的虚无"之背景

一

　　想要论述日本诗歌的人，一般来说，都会拿出很大的篇幅去讲和歌、俳谐（近代以后叫作"短歌"和"俳句"），以及近代的自由诗。对于二十世纪的多数日本人来说，这三种诗型就意味着日本诗歌的全部。

　　可是，直到十九世纪末以前，在超过一千年的历史中，这样的想法会被那时的人们当成和现实严重脱节的、幼稚的想法而不屑一顾吧。为什么要这么说呢？这是因为在漫长的岁月里，对于贵族、武士、僧侣和世间任何阶层的人们都极其重要的诗型，就是在中国诗的影响下形成和发展起来的"汉诗"。尤其对于日本的知识阶层来说，这甚至是最为宝贵的表达思想的手段之一。

　　"汉诗"这个称呼，当它不只意味着中国人所作的诗，更是指日本人所作的中国形式和风格的诗时，就被赋予了特别的意义。而其中最为明显的特征，就是作品全部都是用中国的文字——汉字书写，形式上也严格遵循中国诗体的规则。如前所述，日本人八世纪在中国文字的基础上发明的"平假名"和"片假名"，是既方便书写又便于记录日语口语的最佳方式。而"汉诗"则是完全没有使用这两种便利工具的、由日本人所作的诗。

直到日本近代化开始的年代，不，一直到它开始以后即十九世纪末之前，以这种方式书写诗的传统，持续了一千年以上，这件事本身就具有深刻的意味。但是在此，我并不打算深究，而是要把话题转移到另一个问题上。那是因为，除了"汉诗""和歌"和"俳谐"以外，在日本诗歌史上，还有另外一种非常重要的诗歌形式，那就是"歌谣"。其最大的特征就是，它是一种具有一定的节拍和旋律，有时还在简单的乐器伴奏下歌唱的诗歌作品。

因为歌谣必定要发声吟唱，多数时候还伴有肢体语言和舞蹈动作，所以要记录它们，就必须要使用适合日语口语的文字。理所当然地，和汉诗迥然相异的、以假名文字为主体的文字形式，就成为记录歌谣作品的一般形式。并且，"歌唱"这种行为，在非常重视规则的同时，另一方面又不断地脱离规则，自由奔放地追求诗歌新的形式和内容。这样，日本的歌谣在漫长的历史中，不断呈现出丰富多彩的变化。

追根溯源，汉诗在其发源时期，有着菅原道真那样的大诗人，在之后千年的历史当中，也涌现了许多僧侣、儒者、文人、画家、艺术家、武士、政治家和革命家，另外还包含一些女性。在不同时期，富有个性的杰出诗人辈出。

与此相对，歌谣基本上都是连作者都不明确的作品。这可以说就是歌谣区别于汉诗、和歌和俳谐的一大特征。

我想，其实正是这种"无名性"，说明了在所谓"文学史"这种极其"近代化"的定义中，歌谣一直受到不适当的低评价和不公正对待的理由。这是因为近代，特别是日本的近代文学，首先要求作品中要洋溢着"个性"和"独创性"的光辉。日本近代的浪漫主义试图在作品的片段而非在整部作品里，试图在萌芽的可能性而非在成熟里，试图在意图而非结果中，发掘天才和独创性的征候。于是它就在歌谣的无名性中发现了被磨灭的个性、游戏的随意性和陈旧的前近代性，并认为它因为缺乏对个人意识确立的追求而很难成为学术上认真研究的对象。

在这件事情本身里，就存在着近代日本的局限性。因为一味地追求"个性"和"独创性"，就不能充分汲取蕴含在"无名性"中的丰富多样的养分。也可以说，日本的近代化是因为试图在极短的时间里赶上西洋已经到达的高度而不可避免地出现的偏离。至少在艺术和文学方面，不可否认，近代化以前和近代化以后的文化传统之间存在着大片荒芜的断层。

在近代日本文学研究和文学史上，歌谣的地位一直受到不公正的评价，这个事实为讨论日本近代文学整体成就的问题提供了绝好的材料。至少我个人是这样考虑的：正是在这一点上，现在重新评价以《梁尘秘抄》和《闲吟集》为代表的歌谣才更有意义。

歌谣在近代不被重视，还有另外一个原因。那就是，虽然在歌谣的作者中不乏作品质量都堪称一流的优秀诗人，但他们大都属于社会的最底层。他们之中特别重要的构成部分，就是以不特定的众多男性作为交往对象的妓女，以及被称作"傀儡师"的玩偶艺人等四处流浪的三教九流的卖艺人。他们从社会阶层上来说，都是属于最下层的。但是，在他们中间有很多令人惊叹的歌手和演奏家，有时社会最上层的人们，即包括天皇在内的高级贵族和武士阶层的人们，都会对他们的艺术抱有极大的兴趣和敬意，甚至还会把他们尊为师傅而给予厚遇。

也就是说，歌谣饱含着不受近代市民社会价值观束缚的要素。把"个性"和"自我"的主张作为第一要素的近代主义，在此不能成为有效的判断基准。因为歌谣具有太多"超个性"的、"纵贯阶级"的性质。

比如说，在作品的文本上，能根据歌唱的时间和场所不同而随机应变地改变歌词的部分内容，或是改动原作使之成为一个新的作品。有时，这种改变甚至还能博得赞赏。近代思想要求文本严密的自我同一性，把优先保护作者的著作权视为当然。而歌谣的这种自由奔放，就像是嘲笑近代思想一般。这正是歌谣的本质属性，也是它熠熠生辉的特征。

二

无须赘言，歌谣是在文字产生很久以前，几乎与人类的口头语言同时诞生的原始的文学形式。在日本，从古代遗迹发掘出来的土制的人形雕刻之中，发现了在大鼓等伴奏下歌唱舞蹈的偶人。由此我们可以想象，歌谣那时已经成为古代人的信仰活动和劳动中不可或缺的要素。

大约是那时被歌唱的歌谣的片段，散见于日本最古老的历史文献——均于八世纪初完成的《古事记》和《日本书纪》，以及在同时期完成的记录诸国历史、地理和物产等的《风土记》中。《古事记》和《日本书纪》都是正式的历史书，它们中记载的古代歌谣有将近二百篇，而其中相当一部分，都是能够深深打动现代人心的有关恋爱和生离死别的歌谣。

从那以后，歌谣一直被社会的各个阶层所吟唱、舞蹈和表演。但是，汉诗及和歌，都是直接作为敕撰汉诗集和敕撰和歌集，或者是以更为广泛的形式流传的各种私撰汉诗集与和歌集，一直受到重视、传抄并得以保存下来。与此相对，大部分歌谣在口头歌唱之后，就随风飘散了。除了像在《古事记》《日本书纪》和《风土记》中那样，偶尔被体现天皇和政府权威的书籍所记录而幸运地得以保存下来的少数歌谣之外，大部分的古代歌谣都散佚了。

此时，对这种状况真心地感到忧虑，立志将自己所热爱的歌谣一举从全国收集起来，编纂一部歌谣全集的人物出现了。无论是地位上，还是作为一名歌谣作者的才能上，抑或是对歌谣的热情上，他都是超出了其他任何人的当之无愧的头号人物。这就是后白河天皇。古代末期，源氏和平家这两大新兴的武士势力，取代了占据政治、文化中心长达四百年之久的贵族藤原氏，成为新的政治中心。后白河天皇正是在这个从古代到中世的一大转换期登上帝位，并亲自实行强权政治的人物。

后白河天皇在位仅三年就让位于第一皇子（二条天皇），自己则作为太上皇牢牢地掌握着实权，以比天皇更为强大的权威君临天下。即使在不久就出家成了法皇以后，他依然大权在握，操纵着政局。

退位后的天皇掌控实权的制度，是日本古代末期极其特殊的制度。这种被称作"院政"的制度，在白河、鸟羽和后白河三位天皇的时代得到了特别的发展。这三位太上皇的权力都是极大的。后白河法皇也是在长达五代天皇治世的三十四年间里，一直在天皇背后掌握着实权。

当时政界正值平安时代末期的动荡时代。在以藤原氏为代表的贵族势力和源氏、平家两大武士势力这三强你死我活的斗争中，后白河法皇暗中弄权。他的老奸巨猾，曾令源氏的大将源赖朝把他说成"妖人"而切齿痛恨。

这样的人物，同时还是一个罕见的歌谣爱好家。不仅如此，他还是当时屈指可数的歌谣作者，这可谓是历史导演的一出精彩的人间喜剧。

他从少年时代开始，就无比热爱当时最流行、最现代的歌谣。他给那些歌谣起了个名副其实的名字，叫作"今样歌"，通称"今样"。

歌谣不断地涌现出新作，不断地被表演和吟唱，其曲调和歌唱方法也是丰富多彩。尽管如此，后白河法皇还是忧虑它们因为没有被文字记录下来而会被渐渐淡忘，因此他立志编纂一部今样的集大成之作。他命令臣下们奔赴全国各地收集并记录歌谣。不仅是歌词，还让他们详细记录了各自的歌唱方法和歌曲特征、演奏方法等。这就是《梁尘秘抄》二十卷。其中从第一卷到第十卷是歌词，别集第一卷到第十卷据推测是有关演奏细节的指导书、注意事项等内容。

之所以要说是"推测"，是因为实际上《梁尘秘抄》现在除了第一卷的少数部分和第二卷的全部，以及后白河法皇自身学习今样的意味深长的自传之外，其他的全部都散佚了。就是现存极少的部分，直到二十世纪初的1911年偶然在京都被发现，给少数一流诗人和小说家以冲击性的影响之前，在大约八个世纪的时间里，基本上都是传说中的梦幻之书。

现存《梁尘秘抄》的作品大约有五百六十篇，从整体来看，只不过是极少的一部分而已。但即便只看这些极少的现存作品，我们也可以想象得出，这本书被编纂的十二世纪中期，在日本被歌唱、被舞动、被表演的诗歌作品，无论是质还是量上，其丰富多彩都超出了我们的想象。其大部分作品的散佚，实在是一件令人痛惜的事情。

三

在介绍几篇《梁尘秘抄》的作品之前，我想先简单地讲述一下构成这部歌谣集现存部分的作品的主要内容。

通览《梁尘秘抄》的卷一和卷二，我们可以明了的是，这些歌谣大致可分为"宗教歌谣"和"世俗歌谣"两大类。

就宗教歌谣来说，又分为两种：一是与日本自古以来的神道相关的歌谣，二是与作为世界宗教、从六世纪以来就给日本政治和文化以深刻影响的佛教相关的歌谣。并且，日本宗教的特殊性在于，神道并不是与佛教对立的，而是从很早就显示出与佛教的思想体系互相融合与调和的倾向。所以，在歌谣中神佛合一的作品也非常多见。

从整体来看，比起神道，佛教歌谣可以说反映了对异国趣味的关心，给人以鲜明印象的作品居多。这些神道和佛教的歌谣被大量收录，恐怕和后白河法皇自身极为虔诚的信仰心有着密切的关系。

他学习今样的自传、《梁尘秘抄》最后一卷中的口传集，是一部兴味盎然的记录文学作品。它记述了这位从身为皇子的少年时代开始就为今样倾注了无限热情的与众不同的天皇是如何在整整半个世纪的岁月里经历了严峻训练的。这部自传里，记叙了他对身处社会最底层的年老女歌人深怀敬慕，其程度甚至超过对身为皇太后的他自己的母亲；还经常可见有关他独特思想的记叙——一心不乱地歌唱今样并不断提高歌唱水准，就相当于全心全意地皈依神佛。

他这种思想的一个根据，就是基于这样一种考虑——无论是神道歌谣还是佛教歌谣，它们各自的宝贵教义，都被浓缩在短短的歌词里。因此虔诚地歌唱歌谣，就等于不断念诵经文，发出祈祷。的确，看看在当时的日本最受尊敬的、充满了对极乐净土的华美描写的《法华经》吧。仅取材于这部经文的歌谣作品就超过了一百一十篇。因此我们可以想象，当时的人们在享受歌唱的同时，是多么笃信能够通过歌唱轮回转生到佛国去而衷心祈愿的啊！其中，也有着无数目不识丁的百姓，就是他们，也能够歌唱经文歌谣。可以说，通过编纂歌谣集这种行为，后白河法皇意在宣扬"学习歌谣和潜心向佛在根本上是一致的"思想。这种思想里，也有着一种独特的乐天主义。

这种想法，在考察日本艺术思想方面是极其重要的。特别是在从事音乐、舞蹈、戏剧等演奏、舞台艺术，以及绘画、雕刻、陶艺等造型美术的艺术家们中间，认为在艺术上的严谨精进就等同于对信仰不懈追求的人，即便是现代，也绝不在少数。说句象征性的话，与后白河法皇将人生和艺术的据点放在历经半个世纪的今样修习中一样，他们就是在同样思想的旗帜下，在现代兢兢业业地工作着。

四

听完了以上的叙述，再来听听下面我要引用的歌谣的歌词，或许还是会有不少人吃惊。我下面要介绍几首《梁尘秘抄》中最充满活力的部分，即以世俗的内容为主题的作品。它们多数都是咏唱男女之间爱欲的歌谣，其基本的思想态度，就是对肉体欲望的全面肯定。在那里，找不出一丝宗教束缚和阶级压迫的影子。从这一点上看，因为神道比以禁欲为重要原则的佛教更加从根源上重视自然性，所以可以说，对于欲望持开放态度的神道的生活方式在这些歌谣中显示出了更强的生命力。歌谣的重要性也就在于此。这个特点，也被中世末期编纂的另外一部重要的歌谣集 ——《闲吟集》原样继承了下来。

美女うち見れば

一本葛にもなりなばやとぞ思ふ

本より末まで縒らればや

切るとも刻むとも

離れ難きはわが宿世

一见到美女呀

就想变成一根藤呀

从根到梢紧紧地缠上她呀

哪怕是斧砍还是刀切呀

都永世不分开呀

这首歌谣使用精彩的比喻，大胆地歌唱了痴迷于女人的男人的欲望，是一首著名的歌谣作品。在此，日本恋爱诗中富有特色的主题，也以典型性的鲜明色彩显现了出来。这就是，人们比什么都喜爱和赞美肌肤相亲的感觉并大胆地咏唱。这个男人每当看到自己心仪的美女时都会想，要是能变成一根藤蔓该有多好。想变成蔓草，将对方的身子从头到脚紧紧地缠绕起来。那样的话，就算是砍也好，切也好，蔓草都不会轻易从树上被扯下来。而以这种结合方式和那个美女一直紧紧相拥，这就是前世注定的我的宿命。

这样露骨的对肉欲的肯定和对现世欲望的赞美，是许多日本歌谣共有的特征。从这一点上来看，歌谣与贵族社会审美意识最正统的代表、以优雅为理想的和歌之间，很明显有着太多的不同。就是说，正统派的和歌无法公开咏唱的主题，歌谣却可以从容地歌唱。

造成这种差异的最大原因就是，敕撰和歌集规定了和歌的理想形式。在天皇自身正式选择和编纂的名目下完成的和歌集，无容置疑，它所要求的都是优美、典雅和能在正式、公开的华丽舞台上被咏唱的作品。

但是无须赘言，即使是同一个人物，在拥有对外的、公开的脸孔的同时，也有着对内的、私人的脸孔，即放松的、随意的，甚至不掩饰情欲和卑下欲望的另一张脸孔。这也是那个人物的真实面孔。而歌谣就是从各个角度映出人的那一侧面的镜子。

更进一步说，歌谣的作者和爱好者们不仅限于和歌作者们所属的阶级，而是广泛地分布在日本社会的各个阶层，这也在很大程度上促进了歌谣这种开放特性的形成。

例如在下面这首歌谣里面，这种背景就表现得非常鲜明。

東より昨日来れば妻も持たず
この着たる紺の狩襖[1]に女換へ給べ

昨自东国[2]来

女人无相随

愿将身上衣

换来一夜妻

平安时代，日本的首都在京都。这首歌谣讲的是，东国男子[3]从荒蛮之地的东国来到无限向往的京都，一心想着赶快抱上女人，所以就来到蓄养着大量妓女的老鸨处与其交涉。很遗憾，东国男子没有足够的钱来买女人。于是他就将自己身上穿着的珍贵的外出服装拿给对方，请求她能为自己找一个一夜欢娱的对象。

这个情景既滑稽，又非常真实地描述了当时风俗的一个片段。这应该是十九世纪法国的亨利·德·图卢兹-洛特雷

1　"狩襖"，又称"狩衣"。原本是日本平安时代贵族男子的正式服装的简略形式，外出时常用。在后来的武家时代，成为武士的正装。

2　现在的关东地区，位于京都东面，所以被称作"东国"。当时，相对于首都京都显得荒凉落后，被看成荒蛮之地。

3　据新编日本古典文学全集《神乐歌／催马乐／梁尘秘抄／闲吟集》（小学馆，2000年）脚注，这里的"东国男子"很可能是下层武士。这首歌谣被收录在《梁尘秘抄》中，作于平安时代末期，当时已经是武士阶层崛起的时代。

克[1]和奥诺雷·杜米埃[2]等画家欣喜若狂地当作画题的情景。试着去想象到底谁才是这种歌谣的作者，这个问题更加有趣。

我认为这首歌谣的作者肯定是男人要买的那些妓女。她们一定是在暗地看到这个东国男子的认真，以及为了满足一夜的欲望，提出要拿宝贵的旅行服装作为交换的愚蠢而一起偷笑了吧。同时，对于男子就算舍弃正装也要买自己的热情，她们也感到了一种骄傲，所以不会讨厌这个男子吧。如果把这些背景结合起来考虑的话，就会发现，这首短小的歌谣也有着它自己的魅力和趣味。

下面这首歌谣，也因为小西甚一[3]教授推测作者是妓女而备受瞩目。我也同意他的观点。

　　　　遊びをせんとや生まれけむ
　　　　戯れせんとや生まれけん

1　亨利·德·图卢兹-洛特雷克（Henri de Toulouse-Lautrec，1864—1901），法国贵族、后印象派画家、近代海报设计与石版画艺术先驱，为人称作"蒙马特尔之魂"。他擅长人物画，对象多为巴黎蒙马特尔一带的舞者、女伶、妓女等中下阶层人物。其写实、深刻的绘画不但深具针砭现实的意涵，也影响了日后巴勃罗·毕加索等画家的人物画风格。
2　奥诺雷·杜米埃（Honoré Daumier，1808—1879），法国版画家、漫画家和雕塑家。他的许多作品为了解法国十九世纪的社会和政治生活提供了参考。
3　小西甚一（1915—2007），日本文学研究专家（日本中世文学和比较文学）、文学博士、筑波大学名誉教授。长期在美国任教讲学，为日本文学的国际化做出了很大的贡献。1951年，以《文镜秘府论考》获日本学士院奖。1992年，大著《日本文艺史》（全五卷）获大佛次郎奖。1999年，获得"文化功劳者"称号。

遊ぶ子供の声聞けば

我が身さへこそ動がるれ

就是为了游戏而生的吧

就是为了玩乐而生的吧

听到嬉戏孩童的喧闹

连我的身子也不停颤抖

这首歌谣如果按照一般的读法来读的话，就可以简单理解为"大人看到嬉戏玩闹的儿童们，连自己都高兴起来，摇摆着身子"这样的意思吧。但是，这首作品中出现的"遊び（游戏）"和"戲れ（玩乐）"，在古代日本都是暗示男女性爱的词语。小西教授基于这个事实，揭示了这首歌谣的深层含义。

根据小西的说法，这首歌谣讲的是："妓女看着嬉戏玩闹的女孩们，想到她们最终的命运，也是和自己一样沦落到卖身为娼的悲惨境地吧。这样想着，不禁悲从中来，身体颤抖不已。"

在当时的日本，饥荒、战争、天灾和其他灾难等，威胁百姓生活的灾祸层出不穷。每当灾难袭来，都会有很多人流离失所，妻离子散，沦为流落街头的游民。所以，不得不把女儿卖给妓院的人间惨剧，每天都在上演。

五

可是，我们不能忘记的是，许多女性被这种悲剧性的命运无情捉弄的事实，与在歌谣、舞蹈和乐器演奏等领域涌现出很多杰出女性的事实，其实是表里一体的。说起来，她们就是以自己的肉体为资本来卖艺的职业艺术家。在她们当中，也有因为美貌和绝妙的技艺，从而得到了社会最上层的男性们的爱恋，然后通过结婚爬上了极高地位的例子。这种情况下，她们的性感魅力是最具决定性的重要因素，因此她们所创作的、咏唱的歌谣富含性的话题，也是极其自然的事情。

就是对于男人来说，她们有时是令人非常愉悦的谈话对象，同时也是具备了关于男性的丰富阅历和知识的、有着独立精神的难以对付的恋爱对象。她们出于生计的需要，在交通往来频繁的干线道路，特别是贯穿京都的大河的各个港口，聚集在一起生活着，向三教九流的男人出卖自己的色相。

除此之外，还有着许多名义上是在神社里做巫女，实际上也是以男人为对象做皮肉生意的女性们。还有一些女性成为杂技艺人或其他卖艺人，在全国的城镇和乡村巡回表演。

向后白河天皇传授今样歌谣的，是一位名叫乙前的年老歌人，她也是这些女性中的一员。后白河天皇的后宫里光是有史可考的妃子就有十七人之多，其中一人就是妓女，还生了个皇子。

这样的例子，在别的天皇身上也曾发生过。比如说，亲自站在指导性的立场上编纂和歌史上最为璀璨的敕撰和歌集之一《新古今和歌集》的后鸟羽天皇，也同样将不少身份低微但艺术天分很高的女性们纳入了自己的后宫。后鸟羽天皇本身是一流的歌人，就是作为以和歌为中心的各种艺术的后援者，他也发挥了极大的作用。

六

在有限的时间里介绍《梁尘秘抄》的歌谣，真是一件勉为其难的事情。在此，我只能再给大家介绍两首。

女の盛りなるは
十四五六歳二十三四とか
三十四五にしなりぬれば
紅葉の下葉に異ならず

女人的盛年
就是十四五六、二十三四
要是到了三十四五岁

就如同红叶下面的叶子

无人问津

这首和歌十分露骨地表现了平安时代女性观的一种倾向。它说女人的盛年是从十四岁左右到二十三四岁，这也足以令现代的我们惊讶不已。并且，还有一个形象的比喻，就是"女人到了三十四五岁，就将如同'红叶下面的叶子'"。秋天的红叶在日本人的审美意识里，是自然界中特别值得赞赏的美景之一。但就是那火焰燃烧般绚烂的红叶，如果被上面的叶子严严实实地遮住了的话，那也就只能嗟叹命运的无情而无可奈何了。这个比喻的巧妙之处在于，它一方面让人发笑，另一方面又极其正确地指出了令人无限感慨的命运的残酷。此外，猜测这首作品的作者是谁，也是一件有趣的事情。当然也可能是男性，但是我想象这应该是一位已届中年的妓女，伴着深深的叹息而吐出的深沉感慨吧。

仏は常に在せども

現ならぬぞあはれなる

人の音せぬ暁に

仄かに夢に見え給ふ

135

佛祖虽常在

眼不见为尊

寂静未明时

恍惚梦里寻

与刚才所介绍的几首歌谣不同，这是《梁尘秘抄》里的宗教歌谣。并且，这大概是宗教歌谣中最有名的作品。它之所以有名，是因为这首歌谣所营造的气氛，实际上并不是来自佛教的教义，而是宛如和歌中的精致作品一般优美、纤细，充盈着情绪上的美。这首歌谣与佛教歌谣那庄严的教义完全无关，而是以美的情绪这种附属性质得到了人们的喜爱。这虽然是个讽刺，但可以说是很有日本特色的现象。

一般认为，这首歌谣有两个要点：

第一，佛祖虽然无时无刻、无处不在地守护着我们，但是他从来不会让我们看见他的样子。那才是最尊贵和庄严的。

第二，可是在人们静静熟睡的黎明时分，佛祖就在我们的梦中模糊地现身，那又是多么庄严啊。

所有都在神秘的大幕对面，幽微而朦胧。日本人正是在那里，发现了这首歌谣的宝贵价值。

就是这首歌谣，我们也可以发问，在梦中恍惚间看到佛祖的人是谁呢？男女都有可能。我们也可以把这个人物想象成一位心无旁骛地诵了一夜的经文后，迎来了拂晓的僧侣。这样的僧侣在黎明时分疲惫至极地迷糊了一阵。而正是在这个打盹的瞬间，平时绝对不会现身的佛祖，出现在了僧人睡意蒙眬的眼前。如果我们把这首歌谣看作歌唱佛祖现身瞬间的作品，那么就会明白为什么它即使是属于宗教歌谣，也能赢得人们的特殊好感。那就是，从传统和歌当中能够感受到的情绪，与佛教这种理应和俗世完全隔绝的高度的精神世界，在这首歌谣里完美地融合在了一起。

七

《梁尘秘抄》的编纂时期，一般认为是日本中世的开始时期，即十二世纪后半期。从那以后经过了大约三百五十年，中世歌谣最末期的华彩乐章——又一部歌谣集出现了。这就是《闲吟集》。

《闲吟集》这部歌谣集的编纂者是谁？围绕这个问题有过许多推测，但至今还没有定论。但是我们可以容易地想象到：他是一位拥有多彩人生阅历的年长男性，是有着丰富的恋爱经验的性情中人，是一位在和歌和连歌方面有着很深的造诣，并且在乐器演奏方面也非常擅长的艺术家。

《闲吟集》编纂的时代，从历史时期的划分来说，相当于室町时代末期。这个时代也是室町幕府日渐衰弱、诸国群雄割据、争夺天下霸权的时代，所以又称"战国时代"。

贵族阶级在长达四百年的时间里掌握政权的平安时代，到了最后，由于平家及源氏两大武士势力的相继兴起而终结了。1185年，源氏的头领源赖朝，在关东的镰仓开创了镰仓幕府。镰仓幕府由源氏的后继者北条家继承，但是仅仅维持了约一百五十年，历史就翻开了新的一页。

那就是，在激烈的战乱中胜出的将军足利尊氏，在京都一角的室町地方建立了新的幕府。那是1336年的事情。从那以后约二百四十年间，一直到1573年足利幕府（室町幕府）最后的将军被战国时代最大的英雄织田信长打倒，室町幕府前后一共出现了十五位将军轮流执政。这个幕府作为一个真正安定的政权，不过是在它最初的一百年左右。之后，它不断遭到来自各地新兴武士势力的威胁。从这个意义上来说，它就像一架一直保持危险的低空飞行，却不至于彻底坠落的飞机一样。这种奇妙的政权，居然还持续了一百年以上。

在这期间，发生了一场给社会各个方面都带来重大影响的动乱。那就是从1467年到1477年的十一年间，以京都为中心，全国各地诸侯的军队都卷入其中的大混乱——"应仁之乱"。

八

　　"应仁之乱"清楚地暴露了室町幕府已经完全失去了作为中央政府的力量。其影响远远超越了单纯的政治层面，遍及社会的各个角落。在社会的所有阶层中，原有的权威和权力的虚幻性都被暴露在光天化日之下。臣下杀害君主，儿子杀害父亲，为了生存下去，必须以暴制暴。这种思想，侵蚀着广大民众的心灵，伦理道德沦丧的时代到来了。当时的人们给它起了一个贴切的名称，把它叫作"下克上（以下犯上）"的时代。"下克上"，意味着低位之人夺取和取代高位之人的地位和权力。

　　"狂言"这种新兴的舞台艺术通过与"能乐"的组合而迅速发展起来，也正是在这个时代。狂言的人物中最重要也最有人气的太郎冠者，正是代表这个时代的典型的戏剧人物。太郎冠者经常作为仆人登场，但是他凭着机智、狡猾、大胆和乖巧骗过他的主人武士、富商或地主，轻轻松松地把他们珍爱的东西据为己有。他这样的人物，给狂言的舞台注入了巨大的活力。

　　并不只是能乐和狂言。室町时代因为幕府衰弱，天皇也权威扫地，所以地方诸侯们的势力相对增强，一直以来的中央集权体制也不得不经历根本性的改变。

各地的名产以各地自己的方法来保存和培育，权力的地方分散意识开始生根发芽，各地独特的文化也逐渐生长发展。在整个古代、中世都最受轻视的阶级——商人，通过资本的积累，实质上已经远比自古以来的上流阶级——贵族和武士，以及农民、手工业者都要强势得多。其结果就是，他们在文化层面上也作为新的后援者，出现在了舞台的前面。

我在此举一个例子。他就是在室町时代完成"茶道"的伟大茶师千利休。利休出生于关西地区最热闹的渔港，也是贸易中心地的有名港口——大阪的堺市。其家族是富裕的鲜鱼批发商。他在从事家业的同时还专心于茶道，把茶室小型化，彻底追求闲寂和简素的境界，将停留在洗练的趣味世界中的"茶汤"上升到具有形而上意义的人生哲学——"茶道"的领域。

在这一点上，千利休与"能乐"的大成者世阿弥有着相同的命运。早在室町时代初期就到达了艺术完美领域的"能乐"，其最初、最伟大的演员、剧作家和理论家，就是世阿弥。他们二人既是创始者，同时又是最后的完成者。并且，二人都是开始时受到最高统治者的无比宠爱，最后又反过来遭到统治者的猜疑和忌恨，或者被流放（世阿弥），或者被赐剖腹自杀（千利休）。

这两位在各自的领域中都达到顶峰的艺术家，晚年却都是悲惨凄凉的。他们二人的命运，在某种意义上，象征性地表现了室町时代这个乱世中的人们的生与死的方式。

用一句话来概括的话，"不知明天的命运，就是这人生的现实"，是当时社会上四处弥漫着的时代感情。从这种感情里，当然也就涌现出了当时歌谣中被不断重复的主题。这就是对"人生无常"的彻悟。还有，就是这种彻悟的反面，即瞬间性的、积极的现世享乐主义。

九

我们首先来介绍一首《闲吟集》中极为短小，但是又极具代表性的歌谣。

なにせうぞ　くすんで　一期は夢よ　ただ狂へ

怎么了啊

闷闷不乐的

人生不过一场梦哟

赶紧疯狂游戏吧

"怎么回事啊，闷闷不乐的，人生说到底不就是一场梦吗？只要尽情玩乐就好了。"

"狂ふ（狂）"这个词意义非常广泛，特别是和文学、艺术联系起来时，它是一个重要的词语。它通常的意义是指人精神失常后的异常举动，此外还被用于忘我地陶醉在游乐中的样子，以及就像被魔鬼附体了一样疯狂舞动的、近乎癫狂的状态。

也就是说，将其他所有的心事都抛到脑后，只是一心不乱地沉浸在感兴趣的某一件事情上，这就是"狂"的状态。当然，专注于诗歌和艺术的精神状态，也完全可以用这个词来形容。

刚才所引歌谣的"赶紧疯狂游戏吧"的召唤，也有着"狂"的这个意义。这首歌谣从表面上看，似乎是在单纯地表达一种厌世观，实际上歌唱这首歌谣的场所，是在热闹的宴席上。"人生不过一场梦哟"的无常观，立即转变成了"赶紧疯狂游戏吧"的享乐哲学。换句话来说，就是追求现世欲望的物质主义。所以，《闲吟集》里虽然充斥着"无常观"的文学表现，但无论是对佛教的还是对神道的，总之对于"宗教"的关心与热情，是完全无法找到的。在这一点上，它与三百五十年前的《梁尘秘抄》有着明显的不同。

这种差异，以一种对肉欲的无条件肯定和赞美的形式，非常鲜明地体现了出来。

十

われは讃岐の鶴羽の者

阿波の若衆に肌触れて

足好や　腹好や

鶴羽のことも思はぬ

俺是赞岐鹤羽人

如今和阿波的年轻人肌肤相亲

他的腿长得好，小肚子也棒

把俺乐得都忘了故乡

　　"赞岐"和"阿波"都是日本列岛西部的四国岛上的国名，相当于现在的香川县和它南侧的德岛县。这个男子生在赞岐国的鹤羽，其职业不明。赞岐和阿波虽为相邻的两个小国，但是受地理条件限制，两地之间并不是那么容易往来的，这个男子也许是作为一名从事货船贸易的船夫而来到阿波国的。

　　在阿波国，他和一个年轻男子相识并同床了。结果，他几乎把故乡鹤羽忘得一干二净，完全沉浸在了"他的腿长得好，小肚子也棒"的肉体感觉的欢喜之中。在故乡鹤羽，他的妻子也许在苦苦地等待他回家。但是，至少是现在，他完全沉醉在了阿波年轻男子的怀抱里。

"他的腿长得好，小肚子也棒"这种物质性的赤裸裸的形容，是敕撰和歌集的美学原则绝对不能允许的。而歌谣的有趣之处即在于此。这反映了歌谣的作者们及其欣赏者们的社会分布远远超出了正统派和歌的范围，从阶级上和职业上来说，都呈现出多种多样的状况。

对于现世欲望的无条件肯定，对肉体毫不掩饰的赞美——这种性质，贯穿了整部《闲吟集》。三百一十一篇歌谣全部都能或显或隐地看到这一显著的特征。在这些歌谣中恋歌占了三分之二，最直接地体现了这个特征。即使是表面上吟咏自然的歌谣，实际上也可能会是爱情歌谣。

我们可以换句话说，即对于人和人关系本身的兴趣，是整部《闲吟集》最重要的主题。更进一步地说，不光是积极地肯定人的欲望及其表现，甚至在那里面找出"美"，才是这部十六世纪初出现的歌谣集所肩负的时代使命（虽然并非其原意）。也可以说，这就像是没有基督教信仰的文艺复兴时代的到来。

十一

我认为，从很大程度上促进这种现象产生并发展的，是刚才已经讲过的富裕商人阶层的出现。《闲吟集》编纂于十六世纪。在这个时代，日本不仅和中国、朝鲜等近邻诸国，而且和葡萄牙、荷兰及印度、菲律宾等也开始有了频繁的贸易往来。"唐""天竺""南蛮"和"红毛"等词语，带着浓厚的异国情调和异国憧憬的发音，丰富了当时日本人的日常会话。

像堺市那样的港口城市，当然会密切留意着时刻变动的国内局势，但是，它更加敏锐地注视着的，是海外的动静。千利休这位刚毅、细腻、谋略过人的男子，是同时拥有新旧世界的充满魅力的人物。他在海外贸易的中心地堺市横空出世，的确是宣告商人时代这个新时代到来的象征性事件。

十六世纪关西地方的经济巨子们，无论是京都还是大阪、堺市，或者九州的博多和长崎，都霸气十足。他们非常清楚自己正在不断增长的财富实力，有着"财富是正当的好东西"这种强烈的自信。

实际上，古代、中世的商人和中世末期、近世初期（十六世纪）商人的不同，就在于后者将自己的职业看作"善"，确信幸福不在"来世"而就在"今世"。这种确信，成为使人们以崭新的眼光重新审视人类和自然，把人类在赤裸的状态上加以肯定的原动力。

当时来到日本的耶稣会属下的基督教传教士们，一方面对于日本商人的知性和人格魅力抱有极大的敬意，但另一方面，又对他们对于"天国"的漠不关心和现世至上主义感到极端的困惑，这些情况从他们所写的信函中可以得知。的确如此，这样的人生观随着经济活动的急速发展和世界规模上的扩张，已经在社会中深深地扎下了根。

《闲吟集》里出现的很多恋歌，都像刚才引用的那首一样，一方面说着人生无常，另一方面又劝人趁着现在享乐。这种倾向，明确地宣告了一个新时代的到来。

与贵族、武士和农民的人生观不同，一种非常积极地讴歌人生的激情洋溢在《闲吟集》中。

《闲吟集》的歌谣也与《梁尘秘抄》相同，既是作者又是歌者的，大部分都是穿梭于各色男人之间的妓女。不可思议的是，她们的人生观居然和商人们的一脉相承。

也就是说，她们从不过分执着于某一件事，即使是自己深爱着的人和物，也十分清楚终有一天会失去他（它）们，所以每时每刻都做好了和那人或物分别的心理准备。一边有着这样的心理准备，一边又积极地享受现在，快乐地生活。

比如，对于妓女来说的可爱男子，对于商人来说的财富，这些都是不知什么时候就会消失的好东西。可是，即使有一天他（它）们都离开了，也不能向任何人抱怨啊。

十二

这样我们很自然地就能理解，最能代表一直动荡不安的室町时代的男人，很明显就是新兴势力的商人。于是，当我们想到《闲吟集》所咏唱的恋歌里的主人公，一边是新兴的商人，一边是虽不知明日命运如何却每天坚强地面对生活的妓女时，就会自然而然地理解，这部歌谣集里恋歌所独有的轻快和虚无的明亮。

来看几首歌谣。

ただ　人には馴れまじものぢや

馴れての後に

離るる　るるるるるるが

大事ぢやるもの

只是不能和人太亲近了

一旦如胶似漆了

离别 别别别别别别啊

就太难过了啊

"離るる（离别）"这个动词的词尾"る"反复重叠，充

分体现了要使歌谣整体的调子显得轻快的歌唱性特征。同时，在这些反复重叠里，也饱含着相爱之人在离别时难舍难分的痛苦心情。这种技法与歌谣的主题形成了巧妙的呼应。从内容上来判断的话，歌唱这首歌谣的应该是位女性。她告诫自己不能对男人太投入。为什么呢？这是因为，一旦结成如胶似漆的关系，要分别的时候就太痛苦了。

也就是说，歌谣的作者是这样的女子——就算是爱得无法自拔、爱到天昏地暗，也必须要时刻铭记不久就要和男人分别。这样的女子，除了妓女以外，别无他人。

对妓女来说，全情投入一场恋爱是禁忌。可是，正是因为被这样的条件所束缚着，妓女们的爱情不但充满着悲伤，有时她们对爱情的态度更会超出常人一倍的认真。并且，她们还会一边认真地爱着，一边必须不停地说："不能太投入了啊。"

> 一夜馴れたが
> 名残り惜しさに出でて見たれば
> 沖中に
> 舟の早さよ
> 霧の深さよ

> 一夜亲热自难忘
> 晨起送别人断肠

海上轻舟飞似箭
朝雾深深空惆怅

这也是妓女的歌谣。她是港口的妓女。她的客人是南来北往的船只上的船夫和旅客。所以很多时候，每夜她都会接待不同的男人。即便如此，当中也会出现虽是一夜夫妻，但也令她难以割舍的男人。这首歌谣，就是深情地咏唱了那位男子在蒙蒙朝雾中离去时，她忧郁空虚的心情。男人乘坐的船无视她的心情向远处滑走，朝雾立即将船盖得严严实实。

来ぬも可なり
夢の間の露の身の
逢ふとも宵の稲妻

不来也好
我身不过梦间露
相逢不过深宵电

这也是女人的歌谣。她苦苦等待着男人的到来，可是男人今夜好像不会出现了。她喃喃自语道："不来也好。反正我就像在转瞬即逝的梦和梦之间凝结的露水一样，无常而脆弱。就算能和那个人相见，那也不过是深宵里一闪即逝的闪电吧。"

我开始就说过，这些歌谣的基调在于一种"虚无的明亮"。这首歌谣里的一闪即逝的深夜闪电，象征性地表现了那种短暂相逢的明亮和无常。总之，女子悄声低语了："不来也好。"

十三

以上，我只介绍了《闲吟集》歌谣的极少部分。可是，当我注视这些歌谣时，怎么也无法抑制一个念头在我脑中反复涌起。

那就是，至少在中世日本的歌谣当中，比起男人，女人在生活态度上的坚强和果敢，给我留下了极其深刻的印象。无须赘言，因为她们如果不坚强、果敢地生活，就无法生存下去。

甘愿作为男人的附属品而享受安定和安乐的生活——这种生活方式，基本上不会在《闲吟集》中出现的女性身上看到。女性们都作为一种自律性的存在而登场。她们没有必要装成弱者去向男人们献媚。

但是，她们之所以能成为这样坚强的人，反过来说，正是因为她们都是在贫穷困苦的深渊里挣扎着。她们不仅在《闲吟集》里，就是在《梁尘秘抄》中，也是富有魅力的女主人公，这是因为她们是仅仅依靠着自己的身体而开辟出生活道路的一群人。

同时，在多数场合，她们是这些充满魅力的歌谣的作者和表演者，从这点上来说，她们都是优秀的艺术家，完全不是单纯出卖色相的妓女。

当然，歌谣的作者里也有男人。可是，女性们在歌谣史上所发挥的作用之大，是怎么强调都不过分的。

我继 1994 年在法兰西学院讲授了日本古典诗歌的四个讲座之后，作为最终总结，今年进行了关于歌谣的讲座。去年在《奈良和平安时代的一流女性歌人们》的讲座中，我所说的"从和歌原理上来看，和歌是没有女性就无法存在的诗"，就是放在歌谣上也完全符合。歌谣也是"没有女性就无法存在的诗"。并且，将和歌出于优美的传统而必须否定的性的要素、与生活密切相关的世俗的要素都若无其事地统统唤起，并把它们包裹在洗练的机智、人性观察和微笑之中，然后投递到我们所在的世纪的，正是中世的歌谣。

后记

　　《日本的诗歌：其骨骼和肌肤》，是以我在位于巴黎的高等教育机构——法兰西学院进行的连续讲座（包括 1994 年 10 月的四次和 1995 年 10 月的一次）的讲义稿为基础编集成的书。讲义原稿是用日语写的，讲课时是借助多米尼克·帕尔梅（Dominique Palmé）女士译成的法语稿进行讲授的。1994 年度是每周一次，周四下午五点到七点的两个小时，在六号大教室进行。帕尔梅女士的译稿实在是太优秀了，读起来朗朗上口、明晰流畅，虽说原文是我自己写的，但我始终抑制不住对那完美译文的敬佩和感叹之情。

　　若说到细节，那就是最后一次讲座、第五章《日本的中世歌谣：构成"明亮的虚无"之背景》的问题。本书收录的我的原文太长，若将它一字不落地原样翻成法语的话，必定要超出两节课的讲座时间。所以，就事先请帕尔梅女士在翻译时省略了若干部分。法语译文因此变得简短了一些，但是和我的原文相比，并没有什么本质上的区别。

与本书在日本出版的同时，帕尔梅女士的法语译本也作为法兰西学院的书刊在巴黎出版了，这令我感到非常欣喜。两年前由伊芙·玛丽安·阿利乌（Yves-Marie Allioux）翻译、菲利普·皮基耶（Philippe Picquier）书店刊行的《四季之歌》[1]的选译本，最近也在改版的基础上又再版了。如果能将两者放在一起读的话，就能使法国的读者对日本诗歌的本质和现象两方面产生更为深入的了解——这也是我多年来的夙愿。

　　能够遇上这两位天才的译者，只能说是我的幸运。因为一般来说，诗歌，特别是短歌和俳句，一旦被翻译成外语，就失去了原来的韵味而产生相反的效果——这种不幸的例子绝不在少数。

　　这里我要稍微提一下法兰西学院。因为在日本完全没有与之类似的学校，所以我愿将我那一知半解的知识提供给读者们作为参考。

　　法语中的"学院（collège）"应该是相当于英语的"college（高等教育机关、专科大学）"，但是仅就法兰西学院来说，几乎与现在的college没有任何相似之处。

　　法兰西学院是法国教育部直属的高等教育机构，原本是创建于1530年的历史悠久的寄宿学校。创立者是弗朗索瓦一

1　《四季之歌》（《折々のうた》），是大冈信从1979年1月25日到2007年3月31日在《朝日新闻》头版连载的专栏，也指同名系列丛书。每天从短歌、俳句、汉诗、川柳（以讽刺、诙谐为特色的17字短诗）、歌谣和近现代诗中选取一首进行解说。为大冈信的代表著作之一。

世（François Ⅰ）。其创立的初衷在于，与被中世纪以来的经院哲学所束缚的巴黎大学神学院相对抗，建立以人文主义思想为基础的、教授古典语言希伯来语、希腊语和数学的三个学科。希伯来语和希腊语的研究，必然就意味着对《圣经》的追根溯源，对于将拉丁语奉为神明的巴黎大学神学院来说，法兰西学院就是不共戴天的死对头。据说其最初的教授之一，就是那位著名的弗朗索瓦·拉伯雷[1]；又听说原定请他来担任教职的计划又夭折了，等等。当然，拉伯雷就是当时代表性的人文主义者。

现在，学院的学科涵盖了所有的科学领域，大体可以分为三大类：数学、物理学、自然科学部门，哲学、社会科学部门，以及历史学、语言学和考古学部门。专任教授全部都是由国家元首直接任命的，他们会在讲坛上自由讲授自己擅长的主题——当然，他们被任命为教授的原因也在于此。

二十世纪初，亨利·柏格森[2]及保尔·瓦莱里[3]连续举行了数年以讲授各自的代表作而闻名的讲座。最近，文化人类学

---

1 弗朗索瓦·拉伯雷（François Rabelais，1494—1553），文艺复兴时期法国杰出的人文主义学者、作家、教育思想家。著有长篇巨作《巨人传》。
2 亨利·柏格森（Henri Bergson，1859—1941），法国哲学家。文笔优美，思想富于吸引力，曾获1927年诺贝尔文学奖。代表作《创造进化论》。
3 保尔·瓦莱里（Paul Valéry，1871—1945），法国著名文学家、象征主义诗人。被誉为"20世纪法国最伟大的诗人"。他的诗歌往往以象征的意境表达生与死、灵与肉、永恒与变幻等哲理的主题。代表作有长诗《年轻的命运女神》和《海滨墓园》等。

领域的克洛德·列维-斯特劳斯[1]，哲学领域的米歇尔·福柯[2]、罗兰·巴特[3]，以及诗人伊夫·博纳富瓦[4]等当代最高智慧的代表性学者，都纷纷举办了各具特色的连续讲座。而日本学和日本佛教学的权威贝尔纳·弗朗克[5]教授在当今法兰西学院讲座人的阵营中占有一席，也早就为人所知。

我有一次和弗朗克先生一起在校内散步时，遇见了一位身材不高、面容和蔼、颇具学者风范的老绅士。经弗朗克教授介绍，得知那位老人就是著名的列维-斯特劳斯名誉教授，说是有点事去了一趟学院的研究所。苍郁的学问大森林，突然化作了一张爽朗温和的面孔出现在眼前。那真是始料未及的事情，我不由得大吃了一惊。

还有一天，我们一起走下学院正面的石阶。一来到大马路上，弗朗克先生就带着沉痛的表情用手指着眼前说："罗

1　克洛德·列维-斯特劳斯（Claude Lévi-Strauss，1908—2009），法国杰出的人类学家、结构主义人文学术思潮的主要创始人。在法兰西学院担任社会人类学讲座直至1984年。代表作为《忧郁的热带》和《结构人类学》。

2　米歇尔·福柯（Michel Foucault，1926—1984），法国哲学家和"思想系统的历史学家"。

3　罗兰·巴特（Roland Barthes，1915—1980），法国文学批评家、文学家、社会学家、哲学家和符号学家。其许多著作对于后现代主义思想发展有很大影响，其影响包括结构主义、符号学、存在主义、马克思主义与后结构主义。1980年2月25日，当他从密特朗主办的一场宴会离开返家时，于巴黎的街道上被车撞伤，一个月后伤重不治，逝世于3月26日，享年64岁。

4　伊夫·博纳富瓦（Yves Bonnefoy，1923—2016），法国诗人。是文艺复兴以来继瓦莱里之后第二位在法兰西学院讲授诗歌的诗人。

5　贝尔纳·弗朗克（Bernard Frank，1927—1996），日本学和日本佛教学研究的大家。著有《免灾符上的日本佛教》《日本佛教曼陀罗》《风流和鬼》等。

兰·巴特先生就是在这儿被出租车撞倒的。"巴特先生当时也许正沉浸在思考之中吧，所以才会在横穿马路时被疾驰而来的出租车撞倒了。弗朗克先生告诉我，事故发生后警察通过查验身份证得知他是法兰西学院的教授，所以就赶来调查，惊动了整个学院。这是学院见闻的一斑。

法兰西学院的最大特征之一，就是全部讲座都是免费向社会开放的，因此也就没有考试，更不会颁发毕业证书。我认为作为教育机构，这是一个理想的教育形式。当然，那些需要毕业证书的人们，就不大可能和它有什么关联了。

我就是去了这样的一个地方举办讲座的。当然，被从世界各国邀请来此做讲座的，都是来自多种多样专门领域的人。既有自然科学的学者，也有语言学者，基本上都是在各自领域中的杰出代表。不过偶尔也会有像我这样并非专家的人混进来。当然，就算是我，也就日本古典诗歌进行了总计五次的讲座，所以也勉强能算是个最末等的专家了吧。

但是，负责邀请我来学院做讲座的贝尔纳·弗朗克教授，当时就是把我作为一位诗人，并且是作为在日本古典和歌方面造诣颇深的人来邀请的，所以对于我来说，心情上就轻松多了。因此，在撰写讲义的草稿，也就是本书时，我也能够以非常自由的心情来面对，这实在是太棒了。就是从这个意义上来说，我也要向给予我这个宝贵机会的法兰西学院，特别是弗朗克教授，奉上深深的谢意。

据我所知，外来的学者在学院举办讲座时，至少有两种开展讲座的方法。一种是就像我去年那样，每周一次连续讲一个月共四次；还有一种就是像我今年这样，只讲一次。

　　连续举办四次讲座的人屈指可数。我一直听说需要自荐、他荐等手续，非常困难。的确，连续四次的讲座对一个学者来说，是巨大的荣誉——在一个月的逗留期间里，我深深地体会到了这一点。我是在事先毫不知情的情况下就去了，而当四次讲座结束时，却又意外地接到了弗朗克先生的再次邀请："明年再来讲一次怎么样？"我不禁欣然应允："如果能再讲一次的话，那真是太好了。"于是就有了第二年的本系列最后一次讲座——《日本的中世歌谣：构成"明亮的虚无"之背景》。我就是这样得到了这个十分难得的宝贵机会。后来我才听说，在前一年获得四次讲座机会已经是优厚待遇了，而第二年还能再受到邀请，那基本上是史无前例的。

　　对我来说这当然是个殊荣，不仅如此，我认为这是日本的诗歌本身理应得到的荣誉。弗朗克教授最先认识到了这一点。我想，日本的古典诗歌，如果能够用适当的方法进行介绍和解说的话，它就会有足够抓住法国听众心灵的魅力。

　　我所说的"适当的方法"，首先第一点就是要尽力去抓住日本诗歌的本质，绝不把它当作一个特殊的世界来对待。因此我自身的叙述也尽可能地做到简洁明晰，并且讲稿也使用足以引起对方的兴趣和好奇心的手法来写作的。

将日本的文学、艺术、艺道 [1] 及风俗习惯等所有领域都在根本上加以制约的，不是别的，正是和歌。因此，在准备这个讲座时，作为一个需要不断回归的出发点，我时常铭刻在心的就是，要尽量举出具体的例子，通俗易懂地说明和歌这种不可思议的力量。

在第一次讲座中，我并没有讲和歌而是论述了汉诗伟大的代表诗人菅原道真，其原因正在于此。我认为，菅原道真作为一个诗人，以其充满悲剧色彩的一生，在其身后长达一千多年的时间里，成为与日本文明和文化全体对立的、可怕的反命题本身。说起来，将他的业绩和生平放在最初讲述，就意味着我有意识地从一开始就把其后的全部讲座都逼到了一个非常困难的境地。

道真的诗愈是伟大，脱离了他开创的道路、渐行渐远的和歌的去向，不就愈发显得形迹可疑了吗？

我认为这个疑问无容置疑，是关乎日本诗歌全体命运的根本性的疑问。在第二章里，我就纪贯之和敕撰和歌集的本质进行了论述；在第四章里，我探讨了写景和歌这种日本独特的诗歌形式，并探讨了日本诗歌为何极端缺乏自我主张的要素的原因。之所以要研究这些，都是因为在我的脑子里，总是对立地横亘着上面的疑问之故。

1　指技艺和艺能之道，如工艺、美术、演剧、音乐、舞蹈、歌谣、书道、花道、茶道等。

158

然后，在第三章和第五章里讲了女性歌人在日本诗歌史上举足轻重的决定性作用。这也同样是为了从另外一个侧面来关照这个问题，或是试图来回答这个问题。

我在准备这些讲义时，一直意识到听众们都是喜欢评论的、始终贯彻合理主义思考的法国人。但是作为结果，这样的授课到底是于听众有怎样的好处呢，则不得而知——如今我强烈地感受到了这一点。

我的听众们应该都对日本的古典诗歌一无所知，并且一旦感觉不到兴趣，就会立即舍我而去，从第二周起就决不会再现身。因此，简单地说，我就是抱着拼命留住听众的打算来进行讲述的。

实际上，就是在日本，也不太会有认真地与古代和中世的诗歌作品和作者们打交道的奇特的听众吧。想到这一点，去年最后一次讲座时的盛况就令我无比感动——全场座无虚席，有几人还一直坚持站着听完两小时，之后还有许多听众热心地提问和发表感想，那只能说是幸运。究其原因，大概就在于听众们对于我刚才所说的问题意识抱有极大的兴趣吧。只是听听日本人说的蹩脚法语就感到难以忍受的听众，应该是大有人在。可是在整个连续讲座的过程中，都不曾出现过一个中途退场的人。这就足以证明，只要能够采取一个适当的方法来讲，无论和歌还是俳句，外国人应该都是能理解的。

然后，我还想悄悄加上一句。不用说，这本书首先想请日本的人们读一读。

这篇文章作为"后记"，的确是太长了。但请大家考虑到本书与一般书籍不同的成书过程，还望海涵。

虽说放在卷末实在是失礼之至，但不得不提的是，在本书写作的过程中，曾经承蒙无数先学的厚恩。其中，特别要向以下诸著作奉上衷心的感谢。

川口久雄校注《菅家文草 菅家后集》（岩波版《日本古典文学大系》，1966 年）

角田文卫《日本的后宫》（学灯社，1973 年）

小西甚一《梁尘秘抄考》（三省堂，1941 年）

大冈信

1995 年 8 月

岩波现代文库版后记

　　《日本的诗歌》，是我于 1994 年 10 月和 1995 年 10 月先后五次在巴黎的法兰西学院举办讲座的讲稿原文。讲座是以优秀的翻译者多米尼克·帕尔梅女士翻译过来的法语讲稿为基础进行讲述的。教室每次都座无虚席，这使我感到无上的光荣。

　　那几次讲座的内容就构成了这本书。虽然本书的全部文章就是讲义本身，可在此，容我再絮叨几句。这也是为了纪念促成我在法兰西学院举办讲座、始终对我极其关注的贝尔纳·弗朗克教授——他因为脑瘤，不幸于 1996 年 10 月 15 日在塞纳河畔纳伊的家里去世了。当时的日本报纸是这样报道的：

　　"法国日本学的权威，特别精于佛教思想的研究。法兰西学院教授。法国学士院会员、日本学士院客座教授。生于巴黎。在巴黎大学毕业后，历任东京的日法会馆研究员及馆长，为日法间的文化交流做出了巨大的贡献。

　　"他在巴黎的法国吉美博物馆的仓库里，发现了被认为是在明治初期被盗失踪的法隆寺金堂阿弥陀如来坐像的右协侍

161

佛'势至菩萨立像'，并于1994年将它送回故里。他除了《日本佛教曼陀罗》等代表作之外，还将《楢山节考》等日本著作翻译成了法语。夫人是画家淳子。"（《朝日新闻》巴黎分社）

除此之外，《读卖新闻》也刊登了巴黎分社鹤源彻也记者的报道：

"法国日本佛教研究的创始人。从1972年至1974年的两年间，担任东京日法会馆馆长。回国后，在巴黎第七大学教授日本学，从1980年开始在权威性的高等教育机构——法兰西学院担任日本学的讲座。1982年至1984年任日法贤人会议委员。主要著作有《法国东洋学五十年和日本学》（1973年）。1986年，被授予二等功勋瑞宝奖章。"

弗朗克先生对周围的研究者非常宽厚，使得他身边经常聚集了许多倾慕他学问和人品的追随者。弗朗克先生为数不多的兴趣之一，就是收集日本神社佛阁的免灾符。我听说他的收藏已经颇具规模。即使是在和我的谈话当中，关于收集免灾符的话题也会时常被提及，可关键是我这个听众对那些一无所知，所以弗朗克先生也会感到有些意兴阑珊吧。

在法兰西学院的研究所里，负责图书管理的松崎硕子女士长期担任了弗朗克教授秘书的角色，深得教授信任。就是这位松崎女士，在弗朗克先生去世后写了一篇很长的文章——《追忆贝尔纳·弗朗克教授》，刊登在《日法图书馆情报研究》第二十三期（1997年）上。

这篇文章偶然被日本的报纸《中外日报》1998年2月5日号全文转载，我也因此得以收藏。报道的大标题有"对图书馆的深切关心""阳光照在图书管理员身上""治学严谨而幽默"等，松崎女士以自己独特的视角从不同侧面介绍了弗朗克先生。

那篇文章开头部分的一节，详细地再现了弗朗克先生发病的瞬间。

"1995年11月的一天下午，突然间电话铃响了。那是11月的巴黎常见的、非常灰暗而阴郁的日子。从电话的那头，传来了僵硬颤抖的声音：'我突然不能写字了！'弗朗克教授当时的声音，是我从未听到过的、沉重、喑哑而可怕的声音。"

弗朗克先生在一瞬间被脑瘤的发作袭击，以至于手不能握笔了。

"从那以后大概有十一个月左右，教授都在顽强地和疾病做斗争。我从心底里坚信教授肯定能够康复，能够一点点地恢复研究。之所以那么坚信，也许是因为我一直这么祈祷来着。"

可是，人们的祈祷并没有带来奇迹，弗朗克先生不久还是去世了。

这么一想，我不由得感到能够顺利地完成五次讲座，就是弗朗克先生赠给我的最后的珍贵礼物。之所以这么说，也是因为在法国出版的本书的法语版正是在1995年9月印刷完毕的，书的背封附有署名为"B. F."的、兼有内容简介的近三十行的推荐文章。所谓 B. F.，不是别人，正是贝尔纳·弗朗克先生。法语版的印刷时间是 1995 年 9 月，如果从刚才松崎硕子女士的文章中所得知的弗朗克先生的发病时间来看，那仅仅是先生倒下之前两个月的事情。所以，我写"（这是）弗朗克先生赠给我的最后的珍贵礼物"，是因为本书正是被这样偶然的幸运眷顾着才得以出版的。

在日本，本书首先是由讲谈社出版了单行本。这次又由岩波书店作为现代文库系列中的一册刊行了。内容基本保持原样，只在很少的几个地方进行了语句上的修订。

因为考虑到听众是法国人，所以从一开始我就注意保持行文的简洁明了。我平时也会这样，而这次则特别注意了这一点。所以就这点来说，我很有自信，本书是我迄今为止所写的书中最为流畅明快的一本。对于日本的读者来说，这也是和以前大家接触过的古典诗歌论有着几分不同的独特的诗歌论。特别是从开始就论述以菅原道真为代表的汉诗，以及拿出很大篇幅来讲述在日本诗歌中占极大比重的写景和歌的问题，又或是将我认为在日本诗歌中非常重要的歌谣放在最后一章详述，等等，虽然每一章分量都不是很大，但都是将我从年轻时就一直试想"如果这么考虑怎么样"的问题积累起来而写成的浅论集。如能承蒙大家喜爱，我将不胜荣幸。

大冈信

图书在版编目（CIP）数据

日本的诗歌：其骨骼和肌肤 /（日）大冈信著；尤
海燕译. — 北京：商务印书馆，2022
ISBN 978-7-100-20635-8

Ⅰ.①日… Ⅱ.①大… ②尤… Ⅲ.①诗歌研究—日
本—古代 Ⅳ.①I313.072

中国版本图书馆CIP数据核字（2022）第012866号

日本的诗歌：其骨骼和肌肤
〔日〕大冈信 著
尤海燕 译

商 务 印 书 馆 出 版
（北京王府井大街36号 邮政编码 100710）
商 务 印 书 馆 发 行
山 东 临 沂 新 华 印 刷 物 流
集 团 有 限 责 任 公 司 印 制
ISBN 978-7-100-20635-8

2022年5月第1版　　开本787×1092　1/32
2022年5月第1次印刷　　印张 5.5
定价：58.00元